こんなに幸せを感じる出来事が、
はたしてこの先の人生で
再びあるだろうか。
出会えなかった人生を
想像するだけで、
恐ろしくなる。
やっぱり——最高だな。

Here comes the three angels

天使の3P!《スリーピース》 ×11

蒼山サグ

イラスト★てぃんくる

CONTENTS

Here comes the three angels

デザイン〇鈴木 亨

「これからも、ずっと一緒よ」

「出会えて、よかった」

Here comes the three angels

天使の3P《スリーピース》!

×11

プロローグ

尾《お》城《ぎ》小《こ》梅《うめ》

【誕生日】7/7　【血液型】AB

【学校】城見台《しろみだい》小学校　5年2組

【フェスに向けての意気込み】
メンバーが誰だろうと私が天下を取るのは確実よ!

Here comes the three angels
3天使の3P!
スリーピース

うだるような暑さの中、リトルウイングの練習スタジオは外気と裏腹に冷え切っていた。

良《い》い意味で、ではない。絶望的な意味で冷え切っていた。

「……それじゃ、良《い》いわね。決まりということで」

「もちろん。覆《くつがえ》ることはないわ」

まっすぐ向き合って、にらみ合う希美《のぞみ》と霧夢《きりゆめ》。その周りを囲む子どもたちも誰一人、間に入って止めようとはしない。

というよりむしろ、周りを囲むみんなもまた、それぞれ多かれ少なかれ剣呑《けんのん》な空気を纏《まと》っていた。

「よろしい。じゃあ今日から」

腕組みして希美《のぞみ》が息を漏らす。

「金輪際」

わなわなと唇を震わせながら霧夢《きりゆめ》が歯をむき出す。

『絶交！　完全に絶交よ〜〜〜〜〜〜〜〜〜〜〜〜〜〜〜！』

そして、互いに最終宣告を交わし合ってしまった。

それでもこれだけなら、まだ救いはあった。希美《のぞみ》と霧夢《きりゆめ》のケンカならば良く起こることだし、なんだかんだで仲直りのタイミングを掴《つか》めるのではという希望も持てた。

今回絶望的なのは、その様子をいつもは心配する他の子たちの間でも、数え切れないほどのいざこざが発生してしまっていること。

ひたすら頭を抱える。……これから、いったいどうしたら良《い》いんだ。

僕がみんなのバンド活動を見守るようになって、一年と数ヶ月。

振り返るまでもなく、最悪のピンチが目の前に訪れていた。

PASSAGE 1

紅葉《もみじ》谷《だに》希《のぞ》美《み》

【誕生日】10/21　【血液型】AB

【学校】城見台《しろみだい》小学校　5年2組

【フェスに向けての意気込み】
どうしたらいちばんいい形で臨めるかしら……

Here comes the three angels
3天使の3P!
スリーピース

「う……」

寝覚めは最悪だった。起きたばかりなのにこめかみが痛い。まるでうっかり徹夜してしまった後みたいなどよんとした重さが、頭の周りにこびりついてる。

ここのところ、多かれ少なかれいつもこんな感じだ。眠りにつく前も、ついた後の夢の中でも。答えの出ない悩みが何度もぶり返してきて、僕は満足のいく休息がとれないでいた。

心配の種は、もちろん六人の現状のこと。

潤《じゅん》と、希美《のぞみ》と、そらと、くるみと、相ヶ江《あいがえ》さんと、霧夢《きりゆめ》たちは互いに不満を抱え合い、ずっとぎくしゃくしたまま夏休みを過ごしている。

今までのようなリヤン・ド・ファミユとDragon♯Nutsの対立構造ならば、これほどまで僕も頭を抱えることはなかったかもしれない。でも今回は少し違って、個と個の間で問題が複雑に絡《から》み合《あ》ってしまっていた。まるで、雑にしまい込んだら全部の仕掛けがぐちゃぐちゃにこんがらかった釣り糸のように。

「リトルウイングの三人の仲は、相変わらず良《い》いんだけど……」

そこはずっとやはり確かな絆《きずな》があり、教会での練習は滞りなく行えている。ただ、みんな少し浮かない顔をしているけれども。絶交宣言をしてしまったとはいえ、本気で金輪際関わり合いを持ちたくないとは絶対に思ってないだろうし。

「やっぱり、なんとかしなきゃな……」

焦《あせ》ってはいけないとも感じている。ケンカの傷が癒えるには、ある程度の時間も必要だろう。でも、確実に迫り来る『タイムリミット』も、僕としては意識しないわけにはいかないから、ますます悩ましい。

タイムリミット。キッズロックフェスの一次審査、応募締め切り。

まだ切羽詰まっているわけではない。今すぐデモの制作に入ればかなり余裕を持って作業できるだろう。

ただ、その前に決めておかなければいけないことがある。六人なのか、三人と三人に戻るのか。その方針だけは、そろそろ定めなければ。

夏休みの初め、東京のライブハウスに遠征し、ラインホルトさんと行った対バン。その折、ライブハウスのオーナーであるエリオットくんから告げられた『キッズロックフェスの出場を目指すなら、君たちは六人で挑むべきだ』という助言は、僕には絵に描いた餅に思えた。

けれども、一度はあの六人が頷《うなず》き合《あ》ったのだ。対抗するのではなく、手に手を取って共同戦線を張る、と。その変化に僕は心から感動したし、全力で形にしようと意気込んだ。

……結局、やっぱり現実から遠く離れていってしまったけど。

「まだ、諦めたくない」

もしかしたら、僕も間違えたのかもしれない。気合が入りすぎて、初めのうちの小さなほころびに気付いてあげられなかった。だから、気が付いたらもう取り返しのつかないほどの亀裂に広がってしまっていた。そんな可能性もある。

やり直せるなら、やり直したい。三人と三人のバンドに戻るという可能性自体は否定しないけど、一度描いた夢を、こんなに早く捨てることはどうしてもできない。

だって、あの子たちが六人で奏《かな》でる音楽が、どれほど輝かしいものになるか。まだほとんど形も見えていない今でさえ、想像するだけで眩《まばゆ》さに目がくらんでしまいそうになるのだ。

単純に、僕が六人のステージを観《み》たい。

これ以上、強いモチベーションの理由となるものなんてありはしない。

まだまだだ。粘り強く動こう。静かに、でも迷わずに。ひたすら行動あるのみだ。


♪


「くるみ、おはよう」

脱衣所に入ると、既に妹は全裸だった。

いろいろあった後も、僕とくるみの日常は変わらず健全に続いている。いろいろ考え込んでしまう時間が増える中で、朝の入浴は今まで以上に僕にとって重要な日課となりつつあるかもしれない。

「遅かったわね、夏とはいえもう一回服着ようかと思っちゃったわ」

「ごめんごめん、すぐ準備するね」

両腕を使って身体《からだ》の中心線を隠すくるみにお詫《わ》びを告げる。そういえばなんだけど……最近しぐさに微妙な変化を感じるんだよな。率直に言ってしまえば、昔は隠さなかったんだけど、ここのところはちょっぴり隠すようになった。お年頃、ということだろうか。

僕としては、前よりはいくらか目のやり場に困らなくなってありがたい……のか。いやむしろ『隠す』という行為によってくるみが恥ずかしがっているのかな、とか思考がホップしてしまうから、かえって兄として立ち居振る舞いに困るような気もする。

どちらにせよ、覚悟しておかなきゃいけないかもしれない。そう遠くない日にいつか『もうお兄ちゃんとはお風呂《ふろ》入らない』と言われてしまう可能性を。

その時はやましい意味ではなく、寂しさを感じずにはいられないのだろうな。いや、やましい意味ではなく。

「ふー」

最近の僕らしく散漫にいろんなことを思いながら身体《からだ》を洗い、湯船に身を預ける。くるみも遅れて足の間に挟まると、首を後ろに倒して僕の顔を見上げた。

「お兄ちゃん、大丈夫？　夜中にだいぶうなされていたみたいだけど」

「えっ？　くるみの部屋にまで聞こえてたの⁉」

驚き、申し訳ない気持ちになった。夢見が悪かった自覚はあったからうなされていたという知らせには驚かなかったけど、隣に響くほど大声を出していたなんて。

「ううん、そこまでじゃないわ。私の部屋には聞こえてこなかったから安心して」

「そっか。ならよかっ……………えっ？」

じゃあ、くるみはいったいどこでどうやって僕の様子を知ったんだろう。聞き流すに聞き流せない情報であるような。

「……ごめん、私たちのせいだよね」

さすがにもう少し話を聞いてみなければと思ったけど、その前に聞こえたくるみの苦笑に僕は言葉を呑《の》まざるを得なかった。ここ数日、少しだけお互い避けるようになってしまっていた話題に、くるみの方から一歩踏み込んでくれた。

「うなされたのは誰のせいでもないよ。というより、僕の夜更《よふ》かしのせいかも。ただ……なんていうか。バンドのことといろいろ考えて、ぜんぜんまとまらなくて悩んじゃってるっていうのは、あるかな」

糾弾の言葉にならないよう細心の注意を払いながら告げると、くるみがわずかに肩をすぼめ、湯船に波紋が広がった。

「一緒になってかき回しちゃってごめん。でも、今回は譲れなかったの。お兄ちゃんなら、わかってくれる？」

「うん。くるみの気持ちはよくわかる」

「そう。……よかった。ありがと」

今の状況が一筋縄ではいかないのは、普段調停役を買って出てくれるような子たちも揃《そろ》って自分の主張を強く持っているところ。そして、その言い分それぞれに一理がある、というところだった。

「……ただ、もう一つ正直に言うと。希美《のぞみ》とそらの気持ちもわかる」

「…………」

くるみと意見を違《たが》えているのは、リヤン・ド・ファミユのリズム隊二人。言葉にしてみて未《いま》だにまさか、という気持ちだけど、事実だった。

「私だって、意味わかんないこと言われてるとまでは思ってない。……けど！　右手だけでプレーしてくれっていうのはいきすぎでしょ⁉　それなら私、もういなくたって良《い》いじゃん！」

二人が気にしていたのは、五人が重厚に音を重ねた演奏だと、音域のぶつかりが大きすぎるのでは、という点。そしてその指摘は、あの時点の未完成アレンジにおいては確かに的を射ていた。

ラインホルトのリーダー、浅上《あさがみ》サリーさんとのセッションで得た反省を活《い》かしたい、というのが二人の信念なのだと思う。厚すぎる音は、時として曲の輪郭をぼやけさせてしまうこともある。

「いやいや、いなくていいなんて、そんなことはないよ。装飾的にシンセが入るだけでも、すごくアレンジは広くなるし……」

「お飾り扱いは嫌！　別に目立ちたいわけじゃない。ただ、お飾りのためだけに今までピアノやってきたわけじゃないもん……」

「…………」

ぶくぶく口元を沈ませるくるみを見下ろしながら、今度は僕が黙り込む番だった。……わかってしまうんだよなあ、くるみの気持ちも。だいいち、一歩引くべきパートがキーボードじゃなきゃいけない理由なんて何もない。そんな先入観を持ってしまったとしたら、あからさまな弦楽器優遇思想に他ならない。

「くるみも、六人で初めて作る新曲に気合が入ってるんだよね」

「もちろんよ。何度も言うけど、目立ちたいんじゃない。自分で納得がいく演奏で、納得がいく曲にしたいの。なのに……」

口ごもり、また顔を湯船につけるくるみ。確実な正解というものが存在しない命題だから、僕もまた答えをずっと出せずにいた。

でも、今こうして話をして、希望も持てた。くるみの言葉は、まだ過去形じゃない。『納得がいく曲にしたい』と、現在形で話してくれた。それならこの絡《から》まった糸も、解《ほど》く方法があるはず。ぷっつりと切れてしまう前に、まだ。

♪


「はむ。くるみにがっかりさせてごめんなさい」

「でも、希美《のぞみ》たちだって別に意地悪してるわけじゃない。ワガママだって言ってないわ。そらと二人で縁の下をしっかり支えましょーって、かなりチームプレーを意識してたつもりなんだけど」

「そうなんだよねぇ……」

リトルウイングに赴いて打ち合わせを始めるやすぐさま、自分の優柔不断な態度が情けなくなった。

いや、でも。『どっちもわかる』というのが100%の本音なのだった。希美《のぞみ》とそらが上物《ウワモノ》の楽器を鳴らすマージンを空けておこうと意識してくれていたのも間違いなかったし、将来的にアレンジが煮詰まってきたら余白を見つけて二人も所々前に出てみよう、とアドバイスを送る気でさえいた。

「わにゃ。三人で演奏するのも音を薄くしないようにするのが大変だけど、人数が増えたら増えたでそれも大変なんですね……」

潤《じゅん》が愛用のデュオソニックをぎゅっと抱きしめながらうつむき加減になる。確かに、バンドアレンジって単純な足し算ではないのだなとこの夏休みの間何度も痛感させられた。例えば十という上限があるとして、それに満たないと物足りないけど、十二、十三となればもっと良くなるのかというとそういうわけでもない。装飾過多でも、不足でもなく、ちょうどストライクのところを目指さなくてはいけない。

これが一人でＤＴＭをやっているのならばある意味迷わない。裁量なんか僕次第だから、余計だと思ったパートはどんどん削れば良《い》いし、極論は音数自体を減らしてしまっても良《い》い。

けれども人間が六人揃《そろ》うとオートマティックに割り切れるはずがない。それぞれに主張が生まれるし、それぞれ全てが正解でも、全て足すと不正解という事態まで発生してしまう。

ただ、裏を返せばそれが生のバンドが持つ爆発力でもあるはずだ。一人では考えつかないような前人未踏のアイデアを生むのは、きっと異なる主張同士がぶつかり合った結果発生する化学反応に違いない。それはロックの歴史が証明している。

「潤《じゅん》も柚葉《ゆずは》とモメてるしねぇ」

「はむ。めずらしい。夏なのに雪が降りそう」

「モ、モメてるとかじゃないけど……！　ご、ごめんなさい」

「ううん、謝ることとは全然ないってば。自分の意見をちゃんと言ってくれたことは、むしろ嬉《うれ》しいし」

恐縮しきりの潤《じゅん》の頭をぽんとなでる。そうなのだ。ここまでの侃々諤々《かんかんがくがく》、潤《じゅん》も無縁ではなく当事者の一人だ。かつてならば呑《の》み込《こ》んでしまったかもしれない思いをはっきりと表明してくれて、それ自体は本当に大きな喜びと驚きとして僕の胸を打った。

「ほんと、大きくなったわね～。いい子いい子」

「わにゃ、ぞみ。ちっちゃい子みたいに言わないで……」

「潤《じゅん》たん大きくなったけど、やっぱりちっちゃい子だよ？」

からかい混じりに顔をわしゃわしゃする希美《のぞみ》に潤《じゅん》がちょっとふくれっ面《つら》を見せると、そらはキョトンとして首をかしげる。おそらく、二人の言う『ちっちゃい子』の意味は厳密には少し違うのだろう……けどまあ今それはさておき。

「潤《じゅん》が自分から『自分が作ったメロディのところはしっかりボーカルパートを歌いたい』って言った気持ちは大切にしたいし、そうした方が曲としても良《い》い方向に仕上がると思う」

「え、えへへ。響《きょう》さんにそう言って頂けて嬉《うれ》しいですっ。……私の中にふっと浮かんだメロディだから、やっぱり自分の声で伝えたいなって」

「希美《のぞみ》も賛成よ。ただ、柚葉《ゆずは》も悪気があったわけじゃなくて、むしろ親切心でパート替わろうかって言ってくれてるのよねえ」

「そうなんだよね……。歌いながらだと、ギターでできることがだいぶ少なくなっちゃうから……」

「潤《じゅん》たんのうた、だいすき。でも潤《じゅん》たんのギターもだいすきだから、なやましい」

これもまた答えにひたすら迷う問題だ。潤《じゅん》がボーカルを取っている時のギターは、どうしてもコードを刻むリズムパートが中心になる。しかし、となると相ヶ江《あいがえ》さんの奏《かな》でるバリトンギターをどういう風に活《い》かすのかが難しい。ギターとベースの中間的な音色だから、どっちも入っている状態だと補助的に音の厚みを出す仕事が主になってしまう。

ならば、相ヶ江《あいがえ》さんがリズムギター&メインボーカルで、潤《じゅん》は大局的にリードギターに専念した方が確かに効率的ではあるのだ。

……でも、なんというかそんな風に割り切れない部分も確かにあった。潤《じゅん》をひいきしているつもりは欠片《かけら》ほどもない。上手《うま》く言葉にできないけど、なんだか曲が潤《じゅん》のボーカルを呼んでいる気がするのだ。

相ヶ江《あいがえ》さんもおそらくそれは直感的に気付いてる。だから決して強くは自分の意見に固執しない。しかし、アレンジが行き詰まる度に、じゃあやっぱり……という葛藤に苛《さいな》まれ続《つづ》けている様子だった。

「ねえ、響《きょう》。希美《のぞみ》たち、どうしたら良《い》いのかしら」

困り果ててこちらを見つめる希美《のぞみ》。正しい返事はわからない。でも、この時もまた僕は今朝くるみに感じたのと同じ感触を得た。

「希美《のぞみ》も、やっぱり六人で演奏したいって思ってくれてるんだね」

「あ……!」

希美《のぞみ》はハッと口を押さえたけど、もはや否定することはできないようだった。もし、売り言葉に買い言葉で交わしてしまった『絶交』という宣言に今もこだわっているのだとしたら、そもそも六人でどうアレンジするかという問題に悩んだりはしないはずだ。

「……あの時は、いろいろカッとなってついあんなことを言っちゃったけど。でもやっぱり、このまま未完成で終わらせるのはすっきりしないわ。六人で作り始めたあの曲、まだぜんぜんできかけだけど、すごく可能性を感じた」

「はむ。ぜったい、いい曲になる。わたしもそう思う」

「私も同じです。……響《きょう》さん。私たち、やっぱりもう一度、くるみちゃんと、柚葉《ゆずは》ちゃんと、小梅《こうめ》ちゃんと。真剣に向き合ってみたいですっ」

力強い三人の瞳に、僕は迷わず頷《うなず》きを返す。もちろんそう告げられて、僕が口を挟む理由なんて何もない。

さて、となると。今日の内にもう一組とも言葉を交わしておきたいな。

♪

「ごめんください」

「あら、いらっしゃい響《きょう》くん。買い物に来てくれたの？」

「あ、いや実は」

「格安ＳＩＭ契約しない？　電話料金がとってもお得になるのよ♪」

ユナさんのお店を訪ねると、いきなり満面の笑みで勧誘を受けた。またひとつ商売が手広く
なっている。

「い、いえ。僕もう格安ＳＩＭなので……」

「ちっ、波に乗り遅れたわ。じゃあ、今日は何をお求め？」

実は客じゃないと、非常に伝えづらい。

「……………えーと、じゃあ。このヴォイニッチ手稿《しゅこう》のシールを」

「お目が高いわ！　それ、今日入荷したばかりなの！」

いったい何に使うのかさっぱりわからないシールをうっかりゲットしてしまった。

「２４０円です♪」

しかもキャンセルまでは言い出しづらいギリギリのラインで微妙に高いし。

「小梅《こうめ》ちゃんと柚葉《ゆずは》ちゃんなら上にいるわよ、どうぞどうぞ」

「あ、ありがとうございます……」

ユナさん、初めから僕の目的はわかっていた上できっちりビジネスもした説が濃厚であった。

最近、当初の印象より商売上手な方なのではと思い直しつつある。

相変わらず実店舗の方はお客さんがいないけど。

何が悪いんだろう。……立地か。

勝手ながら悩んでしまいつつ、階段を上って目当ての扉をノック。すぐに『はーい。どうぞー』と相ヶ江《あいがえ》さんの軽やかな声が響く。

「お邪魔します、響《きょう》で……すっ⁉」

意気込んでノブを捻《ひね》ると、部屋の中心にはなぜかビニールプール。その中で、全裸で水遊びをしている相ヶ江《あいがえ》さんと霧夢《きりゆめ》の姿が視界に飛び込んできた。

「しししし、失礼しましたっ⁉」

慌ててドアを閉め直す僕。このトラップは予想していなかった……。

『こ、こちらこそ失礼しました！　てっきりユナさんかと！』

ドアに背を向け息を整えていると、中からドタバタと慌ただしい音が聞こえてきた。本当に申し訳ないことを……。

『貴龍《きりゅう》様、服を着ましょう！』

『え、なんでよ？』

『だ、だって貫井《ぬくい》くんがいらっしゃったんですよ？』

『別にいいってゆーか、ちょうど良《い》いじゃない。ひびきも一緒に入れば』

『あっ、それもそうですね。妾《めかけ》としての後ろめたさでつい戸惑ってしまいました』

マズいぞ。なんか聞こえてくる会話がすさまじく不穏だ。

「すみません、貫井《ぬくい》くん。お待たせしました。どうぞどうぞ」

ガチャリとドアが開き、顔を覗《のぞ》かせた相ヶ江《あいがえ》さん。小麦色の肌に、白いタンクトップのラインが眩《まぶ》し……あ、違う。日焼け跡だ。全裸だこれ。

「お願いです服を着て下さい！」

僕の方からドアを閉め直し、壁を挟んで土下座。そこから二人を説得するのに早くもたっぷりと時間を要してしまった。


「お邪魔します……」

合図を受けて部屋に入ると、相ヶ江《あいがえ》さんはピンクのタンクトップに黒のホットパンツ。霧夢《きりゆめ》はなぜかスクール水着姿だった。……全裸じゃないからよしとしよう。

「改めまして、どうぞ貫井《ぬくい》くん。ごらんの通りだいぶ散らかってますけど」

「散らかってはないけど……よくユナさんが許してくれたね」

改めて、どんと鎮座したビニールプールの存在に驚く。水が染《し》みないようシートが敷いてあったり配慮は感じるのだけど、それにしても大胆すぎる納涼方法だ。

「ユナも時々入ってるわよ？」

「というか三十分くらい前まで一緒に入ってましたよね」

さすがユナさん。というか危なかった。もし時間がズレていたらさらなる大事故を起こしていた可能性も。

「で、ひびき。何しに来たの？　籍を入れる気になった？」

「いや、なってない」

「……サラッと返したわね。もう少し照れてみせないと勘違いされるわよ」

勘違いとは具体的にどういう内容なのか訊《き》くと話が進まなそうだったので、さらっとスルーして僕は単刀直入に本題を伝えることにした。

「今日お邪魔したのは他でもなく……。六人のバンドについて、なんだけど」

「……は？　今更何よ。もう絶交でしょ絶交」

髪をバスタオルで拭きながら、にべもなく言い放つ霧夢《きりゆめ》。その面持ちに躊躇《ちゆうちよ》の色は……あった。気がする。よく見えなかったけど、たぶん。

「貴龍《きりゆう》様、まあそう言わず。せっかく貫井《ぬくい》くんが心配してきてくれたんですし」

相ケ江《あいがえ》さんの方は……うん、間違いない。まだかなり六人バンドに未練がありそうだ。もともとそこはかなり楽観的に希望を持っていたけど。

「ぜったいイヤ。もうすっかり愛想《あいそ》が尽きちゃったわ」

「……えーと。ところで、霧夢《きりゆめ》は何に対してそんなに怒ってるんだっけ？」

「私の話を全然聞かないからに決まってるでしょ！　アドバイスしてあげても無視するし、挙げ句の果てに『イラスト担当は曲が完成するまで黙ってろ』ですって⁉ なによそれ！ 私だって同じバンドのメンバーなんだから、平等に意見を言う権利があるはずだわ！ なのに差別するっていうなら、こっちからお断りよ！」

ふんぞり返って吐き捨てる霧夢《きりゆめ》。なるほど、そういうことだったのか。あちらこちらで意見の対立が起こっていたから、僕にはちゃんと見えていなかった部分だった。

で、あれば。霧夢《きりゆめ》の言い分に関して、出すべき答えは至ってシンプルだ。

「本当にごめん。全部霧夢《きりゆめ》の言う通りだ。絶対にそこは改善してもらうから、もう一度やり直せると嬉《うれ》しい」

代表して頭を下げると、霧夢《きりゆめ》は意外そうに目を見開いた。

「……てっきりワガママ言うな、みんなと協調しなきゃ、なーんてお説教を始めるかと思ったんだけど」

「協調しなきゃ、というのはその通りだよ。そして、協調するためには六人平等じゃないとダメだ。パートが特殊だからって霧夢《きりゆめ》の意見がまったく通らないんだったら、それは間違っていたし、何より気付かなかった僕に状況が見えてなかった。そこは絶対改善する。約束する。だから、もう一度チャンスをもらえると嬉《うれ》しい」

「べ、べつにひびきのせいだなんて思ってないし。……ま、まあ。ちゃんと私のことも無視しないって言うなら……それは」

「また、やってくれるんだね！」

「まだそう決めたわけじゃない！　……けど、前向きに検討くらいはしてあげても……いい」

頬を染めながら唇を尖《とが》らせる霧夢《きりゆめ》の様子を見て、僕と相ヶ江《あいがえ》さんはぱっと笑顔を浮かべ喜びを交わし合った。

「よかったです！　私も、このままじゃどうしても後悔してしまいそうで。ぜひ、またやり直したいなとすごく思っていました」

「そうだね、僕も同じ気持ちだ。……でも、いきなり無策で再集合したらまた同じ結果になりそうな気もするんだ。だから、もう少し準備をしなくちゃな、とも思ってる」

「確かに、何度話し合ってもみんな正解にたどり着けなくて、その度に少しずつ空気が悪くなってしまいましたからね……」

霧夢《きりゆめ》の不満のように、明確な問題点がある内容なら、答えは大抵シンプルで、あとは選べるかどうかだけのことだ。

でも、そうじゃない場合は。

みんなの『いっしょにやりたい気持ち』は確認できたから、それは前進だと思いたい。ただ、まだ足りないピースがたくさん残っていることも事実なのだった。

♪


「や、響《きょう》。お疲れ様」

「桜花《さくら》！　どうしたの？」

ユナさんのお店を出ると、驚いたことに桜花《さくら》と鉢合わせた。夕暮れ時のオレンジ色をした光に、二つ結びの髪が同化して映える。

「バイトから帰ったら、潤《じゅん》たちが響《きょう》のこと話してさ。だいぶ思い悩んでるみたいだから、ちょっと……ほら。陣中見舞い？」

そう言って、桜花《さくら》はメロンパンといちご牛乳を差し出してくれた。

「わ……ありがとう。遠慮なく頂くよ」

その場でビニール袋のテープを外し、砂糖でかりっとコーティングされた丸いパンにかぶりつく。追い打ちでいちご牛乳をひとすすり。甘さに甘さが重なって押し寄せ、脳みその中で洪水のように多幸感が溢《あふ》れた。

「さすが、美味《おい》しい……」

「今月の一番人気、だからね～。なんだかんだ言って、王道が強いね、パンは」

桜花《さくら》のバイト先であるパン屋さんの人気商品ならば、その肩書きだけで味は保証されたようなものだった。わざわざ持ってきてくれたことに、心から感謝するばかり。

そういえば、桜花《さくら》は高校の制服姿だ。バイトに行く時の校則をきっちりと守っている微笑《ほほえ》ましさ。そして、着替えずにすぐリトルウイングを出てここまで来てくれたのだなという嬉《うれ》しさ。

いろんな思いが、僕の口元を綻ばせる。

「な、なに？　あんまジロジロ見ないでよ。……恥ずかしーし」

「ご、ごめん」

くるりと踵《きびす》を返した桜花《さくら》を慌てて追いかけ、横並びで歩く。沈黙に、セミの声が割って入る。

何か話した方が良《い》いかな。でも、こういう時間も僕は嫌いではなかった。

「ねー、響《きょう》。明日さ、遊びに行かない？　釣りに行かない？」

「……釣りに？」

「そう。いいでしょ、行こうよ」

まっすぐな笑顔で、桜花《さくら》が僕を見上げた。その誘いに対する純粋な嬉《うれ》しさとは別の影が、脳裏にちらつくのを僕は抑えることができない。はたして、頷《うなず》いても良《い》い状況なのだろうか。

でも、同時にこんなことも感じた。桜花《さくら》が、わかってないわけがない。僕が今どんな風に迷って、同じところでもがき苦しんでいるのか。桜花《さくら》は全部わかった上で、澄んだ面持ちで、僕のことを誘ってくれているのだ。

桜花《さくら》はきっと、僕のために、遊びに行こうと言っている。

「……うん、わかった。行こう。楽しみにしてる」

ならば、答えに迷う必要なんてなかった。にっこり笑いかけ、僕は頷《うなず》いた。

「よかった、そう言ってもらえて」

すると不意に、桜花《さくら》は大きく息を漏らし、下唇を軽く噛《か》むような仕草をする。断られたら……いや、それ以上に怒らせたら。そんな心配をしていたのかも。

そう思った瞬間、僕もちゃんと頷《うなず》けて良かったと長い息が漏れた。


♪


「ふわ……。さすがに眠い」

待ち合わせたのは始発が出る前の駅。今日は一日全てを釣りに捧《ささ》げるため、特別に早起きした。夏の陽射《ひざ》しもこの時間はまだ穏やかで、重い荷物を背負っていることさえ忘れそうなほど、心地よい気分で身体《からだ》が満たされた。

天気良し、風弱し。せっかくのお出かけに相応《ふさわ》しい、最高の朝だった。

「おまたせ！　ごめんね、遅くなっちゃって」

「おはよう桜花《さくら》。ううん、僕も着いたばかりだし、まだ電車までだいぶ時間あるし」

僕が到着してから数分後、桜花《さくら》が小走りでこちらにやってきた。白いシャツの裾をウエストで縛った出《い》で立《た》ちが、おしゃれでかっこいい。

「そっか、ならよかった。それじゃーさっそく出発しよっか」

「了解。ところで、まだ訊《き》いてなかったけど今日はどこまで行くの？」

「えっとね、これから決める。何を狙いに行くかで場所の候補も変わるんだけど」

「この時期だと、狙い目の魚って何かな？」

「いろいろあって迷っちゃうんだよね。シーバスもいいし、前にも行った南の方まで遠征すれば青物も狙えるし。それと、渋いところだとマゴチも最盛期だよ」

「マゴチ。あのちょっとヘンな顔した、平べったい魚だよね」

「そうそう。見た目はちょっとアレだけど、食べるとすっごく美味《おい》しいんだ。特にこの時期は旬で、『夏のフグ』なんて言われる魚だからね〜」

フグ。それ自体あまり食べたことないけど、最高級の賞賛であることは、なんとなく理解できた。

「へえ、迷っちゃうな……。桜花《さくら》はその中だとどれが一番狙いたいの？」

「えっとね。響《きょう》に、決めて欲しいかな。あたしも迷っちゃってちょっと選びづらいし。その中ならどれでも良《い》いよ」

そう言われると若干、釣れなかった時のプレッシャーが……。でも、あまり優柔不断にしていても時間がもったいないしな。よし、ここは僭越《せんえつ》ながら選ばせてもらおう。

「それなら……マゴチを狙ってみたいかも。生で見たことない魚だから余計に興味あるし」

「了解！　ではではマゴチに決定！」

桜花《さくら》はいっさい異論を挟まず、僕に二つ返事で頷《うなず》いてくれた。とりあえず、選択肢を間違わずに済んだ、かな？


「朝マズメに竿《さお》出せないのは残念だよね」

電車に揺られながら、日も高くなった外の景色を眺めつつ苦笑する僕。魚が一番釣れやすいのは朝一番だと言われているけど、電車移動だとその時間には間に合いそうもなかった。もちろん、もともとわかっていたことだけど。

「まーそこは仕方ないよ。高校卒業して車乗れるようになったら、だいぶ自由度違うから、それまでの我慢かな」

「あ、桜花《さくら》はもう免許取る気満々なんだね」

「あって困るもんじゃないし。逆に響《きょう》は取る気ないの？」

「考えてもいなかった。でも確かに、取れる時に取っておいた方が良《い》いよね」

「……それじゃ、さ。取れるようになったら一緒に自動車学校通おうよ」

「いいの？　うん、そう言われたらやる気でてきたよ！」

「だいぶ先の話だけどね～。でも……響《きょう》が良《い》いって言ってくれるなら、約束しよ」

「うん、約束」

「……よっしゃ」

「えっ？」

「あ、いやなんでもないの！　ほら、通う時、一緒ならガソリン代浮くかな……って。あはは！」

えーと、免許取る前の話だよね……などという無粋なツッコミは、あえて呑《の》み込《こ》んでおくことにしよう。

その方がきっと、この幸せな時間が長く続くような気がしたから。

のどかな風景の中、僕と桜花《さくら》は長いすに並んで座って電車の揺れに身を預ける。そこそこの長旅。ずっと会話が止まらないということはなくて、時々お互い黙りこくり、窓の外に話題を探したりした。

今も変わらず、少しぎこちなくて。でも、そのぎこちなさすら、いつまでも失いたくない大切な桜花《さくら》との関係のうちのひとつなのかもしれない。


♪

「ひとまず到着っ、と！」

海辺の駅のホームに向けて、桜花《さくら》が両足をそろえてジャンプした。続いて僕も外に出ると、早くも潮の香りが漂ってくる。

「のどかで良《い》いところだね」

「のどかすぎて、観光スポットも何もないけどね～。でもそのぶん穴場になってるから、あたしは好きなんだ。コンビニで多めにドリンク買っておいた方がいいよ。釣り場まで行っちゃうともう何もないから」

「わかった、そうするよ。釣り場は遠いの？」

「十五分くらいかな。ただ、ここでもまた選択肢がありまして」

「選択肢ですか」

「マゴチって、河口の辺りによく入ってくるんだけど、ここから歩いて行ける河口は二つあるんだ。どっちも同じくらいの距離に」

なんと、それは悩ましい。桜花《さくら》が迷うということは、どっちがより良《い》いとかそういう差もあまりないのだろうな。

「というわけで、響《きょう》。この道路を右に進むか左に進むか。また決めて」

「えっ？　……ターゲットは僕が決めたんだし、釣り場は桜花《さくら》が決めてくれた方が」

遠慮ではなく、きっと桜花《さくら》もその方が良《い》いだろうと推測して首を振ると、桜花《さくら》は両手を胸の前で合わせ、そっと僕を見上げた。

「お願い、響《きょう》が決めて！」

「は、はい。……じゃあ、右で」

思わず即答してしまった。あんな風に至近距離から見つめられてしまうと、もはやその破壊力に抗《あらが》う術《すべ》はない。

まあ、単純な二択だし迷惑をかけることにもならないだろう。それ以上は何も言わず、途中でコンビニに寄りつつ僕たちは海を目指した。

「すごい、貸し切りだよ桜花《さくら》！」

しばらく歩くと視界が開けて、河口の延長線に延びる堤防が見えてきた。先客はいない。どうやら僕たちが一番乗りみたいだ。

「……そうだね、これならいろんなポイントを探れそう」

興奮を抑えきれず振り返った僕。しかし、桜花《さくら》の反応には少しタイムラグがあったような気がした。すぐに笑いかけてくれたから気のせいかもしれないけど、なんとなく引っかかった。

もしかして、何か問題が？

ん……。そうか。

考えなおしてみればいとも単純なことだと気付いた。夏休みなのに、誰も釣り人がいないというのはさすがにちょっとおかしい。偶然以外で考えられる理由としては、たったひとつ。

朝、ここにやってきた釣り人が、みんな諦めて帰ってしまったという可能性だ。

どうしよう、あえていきなり、もう一つあるという河口の方に移動してしまうべきか。でも、時間だって惜しいし、自分が選んでおいて到着した途端に引き返そうと言うのも優柔不断すぎるような。

「響《きょう》、どうしたの？　早く早く！」

立ち止まってしまった僕に、桜花《さくら》が明るく呼びかけた。その表情からして、引き返したい、という雰囲気ではなさそうだ。

「……ごめん、すぐ行く！」

よし、それなら覚悟を決めよう。魚がいないと決まったわけではない。何事もやってみなくちゃ結果なんてわからない。

迷いを断ち切り、桜花《さくら》に早足で追いつく。さあ、せっかく桜花《さくら》と二人でここまでやってきたのだ。ぜひとも釣果《ちょうか》をあげて、充実した一日にするぞ。


♪


そんな決意は、得てして逆のフラグになってしまうもので。

「釣れない、ね……」

お昼になっても、僕たちのクーラーボックスは空っぽのままだった。

「慌てない慌てない。もともと一匹釣れれば上出来っていう戦いなんだから」

落ち込む僕に、桜花《さくら》はにっこりと白い歯を見せてくれた。その屈託のない表情のおかげで、とりあえずＨＰは完全回復した。

「わかった。根気強く粘ってみる……！」

「それも良《い》いけど、ここらでちょっと休憩しない？　……えっと、実はなんだけど」

そう言って、桜花《さくら》は竿《さお》を置き自分の荷物の方へと向かう。

「あ……」

訂正。僕たちのクーラーボックスのうち、桜花《さくら》の方は空じゃなかった。中から出てきたのは、コンパクトなバスケット。

「お昼、作ってきたんだ。響《きょう》のぶんもあるんだけど……食べてくれる？」

幾分自信なさげな桜花《さくら》だったけど、僕に迷う余地などあるはずがなかった。

「もちろんだよ！　本当に嬉《うれ》しい、ありがとう！」

「え、えへへ。よかった……じゃあ」

僕の隣に腰掛け、バスケットを開ける桜花《さくら》。中身は色とりどりの具材が眩《まぶ》しいサンドイッチだった。

「すごい！　お世辞抜きで美味《おい》しそう！」

素直に感動してしまった。具材の数も多くて、丹精込めて作ったのが見た目だけでもわかる。これをご相伴に与《あずか》れるとは、なんと幸せなことか。

「朝から大変だったんじゃない？　めっちゃ時間かかるよね……」

「そ、そうでもないよ。前の日から仕込んでおいたものもあるし。それに、実際の味の方はわかんないし、さ……」

不安なのか、視線をそらして頬をかく桜花《さくら》。……それならば、あえて厚かましくとも。

「さっそく、頂いても良《い》いかな？」

「う、うん！　もちろん！　好きなのをどうぞ！」

許しを得たので、迷った挙げ句、玉子サラダとキュウリのサンドイッチを選んだ。持つと、クーラーの氷で冷やされたパンが適度にひんやりしていて、野菜もしゃきしゃき。夏場でもこんなフレッシュな昼食を外で食べられるなんて、それだけでも贅沢《ぜいたく》だ。

「頂きます……はむ」

我慢できず、大口で頬張る。その途端にパンがフワッと溶け、玉子の濃厚な旨味《うまみ》とキュウリのアクセントが絶妙に口の中で絡《から》み合《あ》った。

「美味《おい》しい！　すごく美味《おい》しいよ桜花《さくら》！」

「ほ、本当!?　よかったぁ～……」

心底ほっとした様子で自分の両手を口元に添える桜花《さくら》。そんな仕草がまた、僕にありがたみをよりいっそう深く感じさせてくれるのだった。

「いやー、このサンドイッチだけで、もうここに来た甲斐《かい》があるよ」

「それは大げさでしょ、もう。……えっと、パンのところも美味《おい》しい？」

「もちろん！　絶妙に具材と合ってる。お店のやつだよね？　さすが和光《わこう》さんの焼いたパンだなぁ」

「実はさ、あたしが焼いたんだ。……そのパン」

「そうなの⁉」

本気で驚いた。言われなければ絶対にお店のものだと信じ切っていたであろうこのパンまで、お手製だったなんて。ますますありがたみが身体中《からだじゅう》に染《し》み入《い》った。

「桜花《さくら》、絶対にパンを焼く才能もあるよ。きっと桜花《さくら》にとって大事なことだから、真面目に言うけど。このサンドイッチは、誰だってお金を払ってでも欲しがると思う。もし、桜花《さくら》がこれを食べさせてくれるなら、僕は毎日でも通う」

「……響《きょう》。ありがとう」

口元を引き締め真剣に伝えると、桜花《さくら》は照れくさそうにしながらもまっすぐ僕の方を見て、ゆっくりと小さく頷《うなず》いた。

「やー、本当に美味《おい》しかった。ありがとう桜花《さくら》！」

「こっちこそ完食ありがとう！　アイスティーあるけど、飲む？」

そう言って、今度は鞄《かばん》から水筒を取り出してくれる桜花《さくら》。いやはや、何もかも至れり尽くせりでお礼の語彙に困ってしまうくらいだった。

「はー、幸せだ。こんな時間がいつまでも続けば良《い》いのに」

受け取って、喉を潤したとたんにそんな台詞《せりふ》が口から漏れ出た。すると、桜花《さくら》は悪戯《いたずら》っぽく八重歯を見せて僕の顔を覗《のぞ》き込《こ》む。

「いいよ。じゃあこれから夏休みは毎日、あたしと釣りしたりピクニックしたりしようか。大変なことは、ひとまず全部忘れちゃって、さ」

いろんな意味でどきりとして、僕は桜花《さくら》を見つめたまま言葉に詰まる。

「それは……」

「なんて、ね。響《きょう》はそんなことできないってちゃんと知ってるから、心配しないで。……でも、選んでも良《い》いんだよって伝えたかったの。そういうことにしちゃっても、ま、あたしくらいは怒らないよって、それが言いたかっただけ」

「選んでも、良《い》い、か……」

その一言が、妙に僕の心の中で引っかかった。

「さーて、腹ごしらえも終えたことだし後半戦に入りますかー！」

パンと手を鳴らし、意気込み新たに釣り竿《つざお》を握る桜花《さくら》。僕も倣《なら》って立ち上がり、もう一度隣に肩を並べた。

「ありがとうね、桜花《さくら》。僕のこと励まそうと思って、ここに誘ってくれたんでしょ？」

「んー、それもあるけど、それだけじゃないかな。単純にあたしが釣りしたかったのも、もちろんあるし。それに……」

「それに？」

「……まだナイショ。残りの答えは、お魚さんに訊《き》いてみましょう」

「そっか。……わかった」

そう言われてしまったのなら、是が非でも釣果《ちょうか》を出すしかない。


♪


そんな決意は、得てして逆のフラグになってしまうもので。

「あー、残念。響《きょう》、そろそろ時間も時間だし、諦めよう」

「そうだ、ね……」

結局、この日はまるっきりのボウズ。僕たちのルアーに、魚が噛《か》みついてくる瞬間は一度たりとも訪れなかった。

これは意気消沈してしまう。ただ釣れなかっただけなら別にそこまで気にしないのだけど、今日はいろいろと責任を感じざるを得ない要素が多くて辛《つら》い。

「桜花《さくら》、ごめん。本当になんとお詫《わ》びして良《い》いものやら」

「え？　なんで響《きょう》が謝るの？」

荷物をまとめ、駅まで歩き始めたところで、たまらず頭を下げる僕。

「だって、マゴチを狙おうって言ったのも僕だし、こっちの堤防にしようって言ったのも僕だし。違う方を選んでいたら、釣れていたかもしれない」

「そうだね、釣れていたかもね」

「う……」

頷《うなず》かれてダメージが倍増。勝負弱いなあ、僕。

「でもね、それは響《きょう》の責任じゃないよ」

「いや、でも」

「響《きょう》の責任じゃない。だって、選べって言ったのあたしでしょ？　だから、あたしの責任でもある。決めた人と、決めて欲しいって言った人は、同じ責任だよ。だから、さ。……もし、決めてって言われた時は、決めてあげたらいいと思うな。それは、響《きょう》に全部責任を押しつけるっていう意味じゃや、絶対にないから」

……すぐに、気付いた。桜花《さくら》が言ってるのは、単純な釣りの話じゃない。もっとたくさんの、いろんな気持ちを、代弁してくれている。

　答えの出せない問いに、どうしても答えを出さなければいけない。そんな時、誰かに決めて欲しいと委ねられたなら、そんな信用を勝ち取れたのなら、決めてあげていいんだよ、と。

　桜花《さくら》は伝えてくれている。それは自分勝手な選択なんかじゃなくて、ちゃんと『みんなで選んだ答え』になるんだよ、と。

　その決断が、あの子たちを助けてあげられるかもしれないよ、と。

「桜花《さくら》」

「んー？」

「……釣りって、深いね」

「やっと気付いた？　ふふん、そうだよ。人生で大切なことは、だいたい釣りが教えてくれるんだ」

「ソースは？」

「マスター」

「だと思った」

　お互い自然と目を細め合って、そのうち僕たちは声を上げて笑い始めた。

「……あれ。ところで、なんか雲行きが」

「あ、ヤバ！　これガチの夕立だよ響《きょう》！」

「ど、どうしよう⁉」

「とりあえず駅のホームまで走ろう！　屋根があったはずだから！」

頷《うなず》きを交わし全力疾走。そのうち雨は殴りつけるような勢いで僕たちの身体《からだ》をしたたかに打ち据えた。

「はぁ……はぁ……。これだけ濡《ぬ》れるなら、走っても意味なかったかしら」

「そしてもう一つ悪いニュースです……。電車、次に来るのって一時間後みたい」

「がーん」

最後の最後でまさかの展開。途方に暮れて、僕たちは同じベンチに腰掛けた。

「ふぇっくしゅ」

桜花《さくら》のかわいらしいくしゃみ。真夏とはいえ、シャツ一枚でずぶ濡《ぬ》れだとそれなりに寒い。

僕も同じ状態だからよくわかる。

「いっそ、脱いだ方がマシかもしれないね」

「……本気で言ってる？」

「あ、いや⁉　口が滑りました！」

い、いけない。とてつもなくやましいことを図らずも提案していた。今のは本当にただ、その方が早く乾きそう、というだけの意味だったんだけど。

「…………」

「…………」

しばし流れる、気まずい沈黙。な、なにか話題を変えて話しかけた方が良《い》いかな。

「…………響《きょう》も、脱ぐ?」

「へ?」

迷っているうちに、先に桜花《さくら》が口を開いた。

「あたしがシャツ一枚脱いだら、響《きょう》も脱ぐ?」

「え、えええええ!?」

「そうじゃなきゃ、不公平だし。……だから、選んで。あたしが脱いで響《きょう》も脱ぐか、あたしが脱がないで響《きょう》も脱がないか。響《きょう》が選んで」

ごくり、と。喉が鳴ってしまった。その選択もまた、責任は『選んだ方』と『選ばせた』方で、折半ということだろうか。

だとしたら、僕は——。

♪


「あーあ、いくじなし。響《きょう》のせいで風邪《かぜ》引いちゃうかも～」

やっと到着した電車に乗り込むや、桜花《さくら》は僕の頬をぷにぷにと何度も突《つつ》いて悪戯《いたずら》する。それ
はさも、楽しそうに。

もちろんお互い未《ま》だ濡《ぬ》れたシャツを身に纏《まと》ったままだ。

「あ、謝らないよ。責任はお互い……だよね？」

「ふふっ、もちろん。怒ってなんか全然ないよ。ただ、いくじなしだなーって。ぷくく」

釈然としない。なんだかめちゃめちゃ楽しそうな桜花《さくら》だけど、もしあそこで僕が脱ごうと言っていたら、今ごろ桜花《さくら》はいったいどんな顔をしていたのだろうか。

根拠のない推測だけど。あの時桜花《さくら》は、既にこうなることを確信していて、その上であんなことを訊《き》いたのかな……という気がしてきた。

だとしたら、いっそ冗談でも脱ごうと言うべきだったか。そうしたら逆に、僕が桜花《さくら》をからかう時間になっていたかも。

……いや、少なくともそれはないな。時間は戻せないから、何が正解だったかは確かめる術《すべ》がない。でも、これで良かったのだと思っておきたい。

「～♪」

ずぶ濡《ぬ》れで凍えているのに、魚だって一匹も釣れやしなかったのに、こんなにも上機嫌な桜花《さくら》を見つめていられるのなら、僕が後悔することなんてひとつもない。

♪

次の日。満を持して、僕は六人にリトルウイングで再集結してもらった。練習室でお互いの顔色を窺《うかが》うその様子は、まだどこかぎこちなくて探り探りだ。

「ひびき、本当に大丈夫なの？　またモメるだけだったら、今度こそ私たちはDragon♯Nutsで曲作るからね。いい加減、時間もなくなってきたし」

「わかってる。僕もこれが最後のチャンスだと思ってる。でも、やっぱり六人で作った曲の完成形がどうしても見たいから、精一杯アドバイスさせてもらうよ」

一人一人と目を合わせ、真摯に気持ちを伝える。するとみんな、不安げな面持ちの中にも静かな笑みを浮かべてくれた。

「頑張ってみますっ。上手《うま》く答えを見つけられるか不安だけど、響《きょう》さんがそう言って下さることが、とても頼もしくて私に勇気をくれます」

ぎゅっと握った両手を、まっすぐ見つめる潤《じゅん》。

「やれるだけ、やってみるしかないわよね。希美《のぞみ》だって、モヤッとしたまま別々になっちゃうのは、少しもったいないなって思っていたし……」

左の肘を抱え、すまし顔ながらほんのり頬を染めた希美《のぞみ》。

「はむ。またみんなで演奏できてうれしい。六人の作曲、大変だったけど、楽しかった。今度はもっとうまくやる。そうしたら、きっともっと楽しい」

澄んだ瞳で両手を高く突き上げるそら。

「お兄ちゃんの顔に免じて。そして、学級委員長として。これからはもっと周りの意見にしっかり耳を傾けることにするわ。でもやっぱり、どうしても曲げられないことも、あるかもしれないけど」

笑顔で場の空気を良くしようと努めてくれつつも、信念もしっかり身に宿したままのくるみ。

「楽器隊では私が一番演奏歴が浅いですし、変わった楽器を選んでしまったので、よりいっそうアレンジを大変にさせちゃってるかもしれません。でも、せっかく入れてもらうんですから。縮こまるだけじゃなくて、私が参加したからこそできるような何かを、見つけてみたいと思います！」

快活なポジティブシンキングで、お互いの意見を言いやすい環境を作ろうとしてくれる相ヶ《あいが》江《え》さん。

「確かに私の仕事はもっと後になってからだわ。でも、私も入れて六人のバンドなんだってことも忘れないで。ひいきしてくれなんてことは言わない。ただ、たまには私の言うことにも耳を傾けてみて。……私だって、このバンドで良《い》い曲を作りたい」

珍しく、斜に構えず思いの丈をストレートに伝える霧夢《きりゆめ》。

この、とてつもなく個性的で、強い気持ちの持ち主である六人が心をひとつに結束するというのは、至難の業だろう。でもだからこそ、その高い壁を越えた時、僕たちは未《いま》だ見たこともないような爆発的な音楽の力を手にすることができるはずだ。

その片鱗《へんりん》は、既にもう感じている。だから今度こそ、最後まで共に歩んでいけるよう僕も全身全霊を懸けて向き合うのみ。

「それじゃ、早速始めよう。みんな、楽器の準備をお願い！」

『はいっ！』

力強い返事を各々《おのおの》が重ね、再び六人がひとつの輪になるための時間が動き出した。

「響《きょう》さんっ、準備完了です！」

「はむ。いつでもどうぞ？」

「まず、どうやって進める？」

潤《じゅん》とそらと希美《のぞみ》が、態勢が整ったことを教えてくれると、くるみと相ヶ江《あいがえ》さんも頷《うなず》いて楽器を構えた。霧夢《きりゆめ》は僕の隣で腰に手を当て、リスナーのポジションで音楽と向き合おうとする。

「とりあえずは復習も兼ねて、できてるところまでをおさらいしてみよう。仮歌はなしで楽器演奏だけ。その後で、また改めて全員の意見を聞かせてくれないかな」

「わかったわ。まずはもともと自分で考えたとおりに弾くわね」

「私もそうします！　潤《じゅん》さん、希美《のぞみ》さん。ヘンな感じに音がずれちゃったらごめんなさい！」

くるみが手を上げたのに続いて相ヶ江《あいがえ》さんがお辞儀すると、希美《のぞみ》も潤《じゅん》もやさしく微笑《ほほえ》んでかぶりを振る。

「そんなのもちろん気にしないで。希美《のぞみ》もきっと、音がぶつかるフレーズとかも弾いちゃう気がするし」

「まずはみんな自分が考えたとおり、そのまま弾いてみよう！」

潤《じゅん》の呼びかけに、改めて頷《うなず》く五人。それから、そらがスティックを頭上に掲げた。演奏が始まる。久々の五人セッション。期待と緊張、両方がピークに達し、僕はごくりと喉を鳴らした。

「はむ。いきます」

4カウントからいきなり全員が低音域を震わせ、ハイスピードなリフレインを奏《かな》でる。リヤン・ド・ファミユでも、Dragon≠Nutsでも実現できていなかった、ヘヴィで重厚な音の弾幕。迫力に関して言えば、今までのどの曲もまったくその比ではない。

Aメロも骨格は同じリフ。音数だけを減らし主旋律のためのスペースを空けるイメージだ。勢いそのままに、クライマックスへ向けて弓を引き絞っていく。

Bメロでは一転して長く音符を伸ばす白玉系《しろたまけい》コードワークへ切り替える。このパートで、曲の向かうベクトルを一度あえてぼやけさせて、リスナーの好奇心を高める。

そして、満を持してのサビとなるCパート。外連味《けれんみ》なしのキャッチーなメロディと、奥行きのあるバンドサウンド。王道、故に心躍らずにはいられない、直球勝負の壮大さで心を鷲摑《わしづか》みにかかる。

良《い》い曲だ。まだ荒削りだけど、このまま研ぎ澄ましていくだけでも充分たくさんの支持を得ることができるキラーチューンに育つ気がする。

……でも。一方でまた別の想《おも》いも消せない。この曲はまだ、もう一段先の進化形が存在するのでは、と。

「うん、演奏としてはすごくよかったよ！　みんなぜんぜんブランクないね！」

ワンコーラスが終わり、ひとまず賛辞を伝える。リヤン・ド・ファミユがしっかり練習を継続していたことはもちろん知っていたけど、Dragon≠Nuts の方もこの日に至るまでの間、研鑽《けんさん》を積み続けていたのは明らかだった。

「あたりまえでしょ、ひびき。私たちはたとえ三人であろうと、フェスには出るつもりで毎日過ごしていたんだから」

「演奏してないあんたが威張るタイミングじゃないでしょ。……でも、それは事実。定期的にタランチュラホークのみんなにも見てもらっていたし、演奏力に関してはむしろ上がってるはずだわ」

鼻を高くする霧夢《きりゆめ》にツッコみつつ、掌《てのひら》をぐーぱーさせながら淡々と告げるくるみ。

「私もなんとかミスせずに弾き切れましたっ。やっぱり弦楽器が三本も入ると大迫力ですねー」

相ヶ江《あいがえ》さんもほっとしながらグイン、と弦の上で指を滑らせた。実際、本当に上達したよな、相ヶ江《あいがえ》さん。潤《じゅん》たち以上の短期間でここまで成長するとは、いやはや感服するばかりだった。

「みんなで音を合わせるっていう部分に関しては、なにも不安はなさそうだ。……だからやっぱり、考えるべきはアレンジの部分かなと思うんだけど。改めて、みんなはどう思った？」

全員に尋ねると、お互いが様子を窺《うかが》うようなムードになって、なかなか第一声が出てこない。ある程度予想はしていたけど、前回の頓挫のイメージがあるからやはりこうなってしまうのも無理はないか。

ならば、こういう時こそ。

「霧夢《きりゆめ》。ぜひ意見を聞かせてよ」

「え、私？　良《い》いの？」

びくりとして自分を指差す霧夢《きりゆめ》。良《い》い意味での遠慮のなさに期待しての指名だったけど、予想外に霧夢《きりゆめ》はけっこう戸惑っている。

「もちろん。六人でバンドなんだから、霧夢《きりゆめ》の感想も平等にいち意見として扱わなきゃ」

「だからって、最初にいきなり？　演奏してないのに？」

さすがに荷が重い、という感覚なのだろうか。だとしたら、もちろん無理にはお願いしないんだけど。

「貴龍《きりゅう》様、私としては、忌憚《きたん》なきご意見を伺いたいです。今はかえって、どのパートも演奏していない人の客観的な意見が大事なような気がして」

「……希美《のぞみ》も、柚葉《ゆずは》に賛成。この際、良《い》いわ。思った通りのことを聞かせて。今度こそ、少しずつでも前に、曲が良くなる方に進むために、最初の手がかりを教えて」

相ヶ江《あいがえ》さんはもとより、霧夢《きりゆめ》に対し一番アタリが強い希美《のぞみ》もそう願ったことが、かなり決め手になったようだ。他の子たちからも賛成の視線が送られているのを確認すると、霧夢《きりゆめ》はこほんとひとつ咳払《せきばら》いし、

「しょ、しょうがないわねぇ」

笑みをかみ殺すような仕草と共に胸を張った。

「あんたたちがそこまで言うのなら、リーダーとして大事な神託を告げさせてもらうわ」

「リーダーにした覚えはないけどね」

「うるさい小姑《こじゅうと》。細かいところで突っかからないで。時間がもったいないからさっさと本題に入るけど、今の演奏……」

ための作る霧夢《きりゆめ》に、皆かぶりつきで耳を傾ける。

「……なんか、重い。や、重いのがかっこよくもあるんだけど、いくらなんでも重すぎない？　それでいてサビは急に盆踊りみたいに明るくなるし。あんたたち、私に何描かせる気？　あん

まり絵が浮かばないんだけど」

しばし、誰も返事ができずにいた。……そうか。その視点、大事だったな。イラストレーターが入るバンドなんだから、まずどんな絵が付くべき曲になるかというのは、念頭に置かなくちゃいけない要素だ。

それなのに前回はただ漠然と良《い》い曲を作ろうという思いしかなくて、進むべき方向性が見えなくなっていた。僕も含め、霧夢《きりゆめ》の意見をちゃんと聞くという意識が不足していたことが、座礁してしまった大きな原因のひとつかもしれない。

「けっこう痛いところ突いてくるじゃない……。今はじめて、なんとなくしっくりきてない理由がわかった気がするわ」

「ふふん、だから私の貴重な話はちゃんと聞きなさいって言ってるのよ。そもそも、潤《じゅん》が持ってきたメロディがそれだけですごく良かったのに、寄ってたかってごちゃごちゃイジりすぎたんじゃない?」

腕組みする希美《のぞみ》に、霧夢《きりゆめ》が追い打ちで胸を張る。と、それを聞いてにわかに潤《じゅん》の表情がぱっと華やいだ。

「小梅《こうめ》ちゃんっ! 私のメロディ、そんなに気に入ってくれていたんだねっ!」

「……あ、しまった。口が滑って余計なことを。それから、小梅《こうめ》ちゃん言うな!」

霧夢《きりゆめ》としては、今の賛辞は予定外だったみたいだけど。

それはそれとして、確かに潤《じゅん》が土台となるアイデアとして用意してくれたメロディは、その美しさに僕もすごく感動した。そして、もしこれを初めからリヤン・ド・ファミユで……と考えていたなら、きっともう少しシンプルで柔らかな方向性にアレンジを進めていた気がする。

「とにかく！　メロディに対して、演奏で盛りすぎなんじゃないの？　お刺身にマヨネーズかけて食べてるみたい」

「はむ。おさしみにマヨネーズ、けっこうおいしいよ？」

「カツオとか合うわよね、意外にも」

「え、ウソでしょ……」

霧夢《きりゆめ》は上手《うま》い喩《たと》えをしたつもりだったのだろうけど、思わぬ異議がそらと希美《のぞみ》から入ってしまった。

「……って、それはどうでもいいの！　言いたいことは、もう一度アレンジの方向性そのものを考えなおしてみたらってこと！」

霧夢《きりゆめ》が結論をまとめると、みんな再び真剣に考え始めてしばし言葉を止める。……選択肢として、確かにそれもアリかもしれない。

「小梅《こうめ》ちゃん、ありがとう。そんな風に言ってもらえて、私も自信が出たよ。でも……これは私だけの意見だけど。私は、今の方向でアレンジを進めたいな」

「潤《じゅん》。その方がいいの？」

もっと潤《じゅん》の意志を確かめたいと、くるみはさらに言葉を促す。

「うん。この曲は、すっごく賑《にぎ》やかで、盛り上がる曲にしたい。せっかくこの六人でやるんだから、絶対に三人だけじゃ演奏できない、わくわくするような曲にしたい。それに……」

「それに?」

「…………おさしみにマヨネーズ。私も好きだし」

照れ笑いする潤《じゅん》の発言に、霧夢《きりゆめ》はズコッと転びかける。

「あんたたち、揃《そろ》いも揃《そろ》って悪食《あくじき》ね……」

「でも、そういう意外な取り合わせの発想って、大事ではあるよね」

ここまで何も言わずに見守っていた僕だけど、ふと伝えたいことが出てきて久しぶりに口を開く。

「お兄ちゃん、どういうこと?」

「普通は組み合わせないよなあっていうもの同士を上手《うま》く結びつけて一つの形にすること。それこそが『新しいアイデア』になるんだって。それが音楽に限らず、いろんな場面で使われている方程式だって、本で読んだことがある。だから、うん。潤《じゅん》が望むのなら、良《い》いかもしれない。おさしみとマヨネーズ式のアレンジ」

「つまり、方向性はこのままってこと?」

微妙に納得がいかなそうな霧夢《きりゆめ》。出してくれたアイデアを否定するだけの形にならないよう、ここはしっかりフォローしておかなくては。

「うん。でも、霧夢《きりゆめ》が言っていたビジョンが曖昧ってところはその通りだと思う。だから、方向性は変えないけど、もう少し曲全体のコンセプトをわかりやすくしてみようか」

「わかりやすく、ですか。どうすれば良《い》いでしょう？」

「はい、意見があります」

そう言って手を挙げたのは希美《のぞみ》だった。

「希美《のぞみ》さん、お願いします」

「えっとね、希美《のぞみ》もだんだん思ってきたけど、いくらなんでもサビとリフの雰囲気が違いすぎない？　お刺身にマヨネーズどころか、ステーキにホイップクリームみたい」

「食い合わせ大喜利みたいになってきたわね……」

呆《あき》れる霧夢《きりゆめ》だったけど、なるほどこの喩《たと》えはわかりやすいかも。意外な組み合わせを目指すにしても限度があって、今はその限度を超えてしまっているということか。

「なるほど。じゃあ、どっちかをもう少し、別の素材に変えてやるべきかな。曲の話にもどると、サビか、リフ、いじるなら……」

「それは間違いなくリフ。サビのメロディはもう確定で良《い》いと思う」

「私もそう思いますっ。あのサビを芯にして、他をいじっていくのが正解かと！」

くるみと相ヶ江《あいがえ》さんが即答した。さらに褒めてもらえて、潤《じゅん》は心底嬉《うれ》しそうにぽわんと頬を染めている。

ちなみに、僕も正直そう思う。あのサビは、形を変えてしまうにはあまりにも惜しい。

「全会一致みたいだね。じゃあ、イントロから続くリフをどう変化させるか。それが今日のテーマになりそうかな」

課題が見えたところで、もう一度みんなにも考えてもらうための時間を少し置く。

「……はい。いいでしょうか？」

「もちろん。相ヶ江《あいがえ》さん、何でも聞かせてみて」

「では、失礼しますね。イントロなんですけど、弦楽器三本がシンクロすること自体はすごくかっこいいと思うんです。けど、そればかりが前に出るとさっき貴龍《きりゅう》様がおっしゃっていたような、重すぎる印象になっちゃうのかなって」

「はむ。そうかも」

「そこで、なんですけど。いっそイントロはリフじゃなくて、キーボードで主旋律を弾いてもらうのはどうでしょう？　私と潤《じゅん》さんと希美《のぞみ》さんはコードでヘヴィ担当ということにして、主役はくるみさんに譲るというのは？」

「えっ、私⁉」

急に指名されてくるみは驚いた様子だったけど、他の子たちは一斉に相ヶ江《あいがえ》さんのアイデアに食いついた。

「わにゃ、面白いかもしれないねっ！」

「希美《のぞみ》たち三人だけじゃ、絶対にできないことだし！　ねえくるみ、試しにやってみましょ！」

「た、試しにって今からすぐに⁉　そんな、いきなり言われても思いつかないわよ……？」

「はむ。ひとまず、ものはためし」

自信なさげなくるみ。しかし周りの勢いに押され、やってみようということに。そらが再びカウントを入れ、イントロのみ再演奏。

「……っ。ええ、と」

一枚岩で音を重ねる四人に対し、くるみはエレクトリックなシンセサイザーの音色を選び、コード進行を追いかけていく。いきなりの指令だったので、その旋律はすごくシンプルなものだった。

でも、それが逆にこれでもかというほどマッチする！

「……いい。すごくいいよ！」

僕だけでなく、誰もが口々に今の演奏へ興奮を隠しきれないでいた。見つかった気がする。この曲に足りていなかった、パズルのピース。その中の一枚が。

「くるみちゃん、すごいよっ！　今のフレーズ、とってもよかったよ！」

「そ、そうかしら？　なんか片手で、コードなぞっただけなんだけど……」

「それが逆に良かったわ。シンプルだからこそ、力強くて。でもヘヴィになりすぎない絶妙さで！」

潤《じゅん》と希美《のぞみ》からの絶賛に対し、くるみは微妙に納得しきれない様子。以前話してくれたことがやはり気になっているのかもしれない。もっと演奏技術はあるのに、こんな楽に弾ける旋律で良《い》いのだろうかと。

そんなくるみの上昇志向は、ぜひ満たしてあげたい。ならば少し別のアプローチで、今のフレーズにさらなる『息吹《いぶき》』を吹き込んでもらうのが良《い》いかもしれない。

「くるみ、提案があるんだ。フレーズはそのままで、さらに『これ』を足してみない？」

僕が指差したのは、シンセサイザーの左端にある、二つのホイール。

「これって……音をベンドさせたり、エフェクトをかけたりするのに使うのよね？」

「うん、その通り」

単一音しか出ないはずの鍵盤の音階を微妙に変化させたり、ビブラートの量を変えたりするために備えられたこの機能を使えば、今の音階をもっとエモーショナルなものに昇華させられるはずだ。

ただし、これはピアノでは習得できない技術。くるみとて、満足のいく形まで仕上げるとなるとそれ相応の修練と苦労を要するだろう。

「できる、かしら。……でも、面白そう！　いいわ、やってみる！」

「うん、そうこなくちゃ！」

よし、これでイントロの方向性ははっきり見えたし、くるみがキーボーディストとして矜《きょう》持《じ》を保つためのもう一つの道を提案することができた。ほんの少しずつ、絡《から》まり合《あ》った糸が解《ほど》けていく感覚に、僕は静かな興奮を覚えていた。

「他に、気になったところってある？」

「はむ。Bメロが、ちょっとだるーんとしてるかも？」

抽象的なそらの言葉だったけど、その言わんとするところは僕も含めみんなにすぐ伝わったようだった。

「イントロの弦楽器をシンクロにしちゃったから尚更《なおさら》、もう少しギターの高い音が欲しくなるわね。ちょっと音域が足りない感じ」

希美《のぞみ》が腕組みすると、

「ここもキーボードで盛り上げる？」

くるみも同じポーズで首をかしげ、

「私、くるみさんのサビのフレーズがすごく良《い》いと思うんです。だからこそ、Bではすこし抑えめに入った方がいい気もするんですよね……」

相ヶ江《あいがえ》さんもまた腕組み。気付けば練習室内の子どもたち全員が腕組みしていた。かわいい……と、邪念はさておき。

このパートは、以前から悩みが非常に深かったところだ。潤《じゅん》にギターで高音域を担《にな》ってもらうとボーカルが取《と》り辛《づら》い。さりとて、相ヶ江《あいがえ》さんのバリトンギターでは一番欲しいところまで手が届かない。いったい何を最重要視するか、だけど。

「わにゃ……。やっぱりここは、柚葉《ゆずは》ちゃんに歌ってもらった方が良《い》いのかな……」

「でも、潤《じゅん》さん。歌いたいんですよね。その気持ちは、私も大事にして欲しくて」

思いやりが深い故、お互い結論を出し切れない潤《じゅん》と相ヶ江《あいがえ》さん。理屈だけで組むなら相ヶ江《あいがえ》さんのボーカルだろう。その方が配置として自然だ。ただ……。

「響《きょう》にーは、どっちがいい？」

「そうね。響《きょう》の意見も聞かせて欲しいわ。希美《のぞみ》たちにはもう、どっちが良《い》いかわかんない」

そらと希美《のぞみ》が、真剣なまなざしで僕を見る。相ヶ江《あいがえ》さんも、くるみも、霧夢《きりゆめ》も、潤《じゅん》も、言葉を止めてこちらに注目し始めた。

「僕は……。この曲に関しては、Bメロも潤《じゅん》がボーカルを取るべきだと思う」

ざわ、と六人が驚くのを肌で感じた。選んだ答え自体が意外だったわけではないだろう。

「ばかにはっきり断言したわね……。ひびきのくせに」

「あはは……」

霧夢《きりゆめ》がそう言うのも無理はないか。普段から自分の意見を、これ、と形にして伝えるのは苦手だと自覚しているし。

でも、桜花《さくら》のおかげで気付けた。委ねてもらった問いに自分の気持ちを表明するのは、決して独善的なことじゃない。委ねてくれた人たちは、僕に答えを求めるという行動で、もう既に自分の意思を形にしてくれているのだから。

なら、訊《き》かれた時はちゃんと答えてあげた方が良《い》い。それが、僕から示すべき誠意だ。

「貫井《ぬくい》くん。貫井《ぬくい》くんがそう感じるのなら、私も賛成です！ ぜひ潤《じゅん》さんにそのまま歌ってもらいましょう！」

相ヶ江《あいがえ》さんが傷つかないかだけ、ほんの少し心配していたけどまったくの杞憂《きゆう》だった。満面の笑みで同調してくれて、自分の選択が間違ってなかったと再確認する。

「でも、響《きょう》さん……いいのでしょうか？ やっぱり、高音のギターが入った方が……」

「うん、それもやろう。どっちも潤《じゅん》がやる。それが一番だと思う」

「わにゃ⁉ 弾きながら、歌える自信があまり……」

「大丈夫、リズムをメロディとほぼシンクロさせて、裏メロディみたいなフレーズならきっと潤《じゅん》だったら弾けるようになるよ。簡単なフレーズでも、曲に必要な音域を埋めることならできるはず」

「リズムが歌とまったく同じ……それならできそうですけど、単調になりすぎませんか？」

「そのぶん、相ヶ江《あいがえ》さんと希美《のぞみ》に頑張ってもらおう。例えば……せっかく同じ音域が出せるんだし、ベースとバリトンギターで同じフレーズをハモってみるとか」

「いいですねそれ！　すっごく楽しそうです！」

「希美《のぞみ》も大賛成！　柚葉《ゆずは》、さっそくいろいろ試してみましょ！」

「はい、ぜひぜひ！」

希望に満ちた笑みが弾《はじ》け、みんなが率先して新たなアイデアをどんどん出し始めた。前回と変えたことなんてほんの少しだけど、今はすごく良《い》いムードだ。

それもそのはず、ちょっと歯車がズレてしまっていただけで、本来この六人はもう、互いが互いを尊重し合える信頼関係をしっかりと築けているのだ。

あとは、もしかすると。あえてケンカして時間を置いたことそれ自体も良かったのかもしれない。みんなの中で、やっぱり曲を形にしたいという思いが爆発寸前まで膨れあがっていたから、こうして大きなエネルギーが生まれた気もした。

雨降って地固まるとは、まさにこのことか。

PASSAGE 2

相《あい》ヶ《が》江《え》柚《ゆず》葉《は》

【誕生日】6/10　【血液型】AB

【学校】城《しろ》見《み》台《だい》小学校　5年2組

【春休みに頑張っていたこと】
みんなで楽しく、お祭り騒ぎしたいですね!

Here comes the three angels
3天使の3P!
スリーピース

挫折を乗り越えた後の創作活動はまさに順調そのもの。もはやデモテープ提出までノンストップ、待ったなし。

……と、なることを期待していたんだけど。落とし穴はもう一つ、意外なところにも仕掛けられていた。

「さあ、今日こそは決着をつけるわよ」

硬い面持ちで互いに睨《にら》み合《あ》う六人。ヒリヒリとした緊張感が、僕の背中に汗を伝わせる。また、あの血で血を洗うかのような抗争が始まってしまうのか……。

「それでは、第三回『バンド名決定会議』を開催するわ！」

議長のくるみにより、高らかに宣言。

そう、バンド名。順調な楽曲制作とは裏腹に、それが目下の大問題となってしまっていた。

六人でやるのだからリヤン・ド・ファミユでも、Dragon≠Nutsでもない、新しい名前が必要だと言い出したのは誰だったか。それはごもっともなのだけど、あの時はまさかこれほどまで揉《も》めると思わなかったな……。

まあ、気持ちはわかるけど。小学生として挑む、おそらく最終最大の舞台に向けての準備なのだから。

「さて、前から言っていた通り、泣いても笑ってもここで決着をつけるわ。これ以上練習時間を潰すわけにはいかないから。みんな、とびっきりの案を用意してきたのよね？」

「もちろん。もう、これがダメならまた解散まであるっていうのを、ね！」

くるみに対し、霧夢《きりゆめ》が物騒なことを。おそらく、さすがにここまで来たらその結末はない……と信じたいけど。

「わにゃ、私も今回のは自信がありますっ。もし、採用されなかったらすごく落ち込んじゃうくらい」

潤《じゅん》がそこまで言うのはかなり珍しい。よほどの妙案が浮かんだのだろうか。

「希美《のぞみ》も同じく。今回希美《のぞみ》たちはおうちで相談してないから二人がどんなのにしたのか知らないけど、ちょっとこれがボツになる瞬間って想像できない」

「はむ。わたしも同じく。きっとこれになると思います。自信作です」

希美《のぞみ》もそらも、自分のが一番と信じて疑っていないようだ。これは、どんな結果になっても不採用の子たちが悲しんじゃいそうで妙に心配になってくるな。

「私も負けませんよ！　陰の女になるのも好きですが、たまには選び取られる女になってみせます！」

「柚葉《ゆずは》も自信満々、と。さて、どうなるかしらね。実は私も、もうこれしかないっていうのが浮かんだんだけど……」

さらには相ヶ江《あいがえ》さんとくるみまで勝ち気に自分のアイデアを推す。六人全員がこんな風になるなんて、正直今までのモメ方からしてまったく予想だにしていなかった。

「どうやら、みんながみんな、自分の案を採用してもらえるって思ってるみたいね。ならいっそ、紙に書いて一斉に見せ合わない？　議論する時間もなんだか無駄になりそうだし」

霧夢《きりゆめ》がそう提案すると、望むところとばかりに全会一致で賛成が伝えられた。くるみが部屋から持ってきたスケッチブックに、各々《おのおの》ペンを走らせ始める六人。

「準備、できたみたいね？　それじゃ、いちにのさんで見せ合いましょ？」

くるみが最後の指揮をして、みんなが首肯で応じる。

『いち、にの、さん！』

そして、くるりとひっくり返された六枚の紙に書かれていたのは――。

「わにゃ」

「はむ」

「うそ」

「ふふっ、まさかですね」

「……ふーん」

「こうなる、わけね」

なんと――全て同じ文字列だった。

「……えへへ、これで、決定ですねっ」

嬉《うれ》しそうに微笑《ほほえ》み、潤《じゅん》がみんなと頷《うなず》き合《あ》っている。

その様子を、僕はまっすぐ見つめていることができなくなって、思わず少しだけ目を伏せてしまった。

待って、ずるいよ。

……こんなの、泣いちゃうに決まってるじゃないか。


♪


着々と準備は整って、もう曲の方はほぼほぼ完成の域に達している。夏休みの間、ほとんど遊びにも行かずみんなで籠もってきた成果が、あと少しで実を結ぼうとしていた。

残る大仕事は、歌詞。おそらくこの作業が最後の関門になるだろう。

まず、誰が書くのかという問題。大枠のメロディは潤《じゅん》が作ったものだから、歌詞も潤《じゅん》に任せるというのも有力な選択肢だろう。

「さて、どうしようか?」

練習後、リトルウイングの地下に残って円陣を組んだ六人に尋ねてみる。今日までにどういう方向性で進めるか考えておいて欲しいと伝えたのだけど、はたしてその結論は。

「はい、昨日の夜もみんなと相談したんですけど。やっぱり、この曲の詞は六人全員で考えよ

ない。

代表して、潤《じゅん》から力強い言葉。うん、おそらくそうなる予感がしていたので異論はまったくない。

「わかった、了解。一人が書くよりもかえって大変なこともあると思うけど、みんながそうしたいならぜひそうするべきだと思う」

どうしても、言葉というのは個性が宿ってしまうもの。それをひと繋《つな》ぎの歌詞に連ねる、しかも六人がかりで、となると楽な作業にはならないだろう。

「うん、希美《のぞみ》たちもそう思う。潤《じゅん》にお願いしちゃった方が早いわ、きっと。でも、みんなで書きたいの」

「はむ。みんなで考えた歌詞がどんなのになるか、知りたい。みんなでいっしょに、うたを作りたい」

だとしても、この特別な曲に込めるメッセージは全員のものにしたいという気持ちは深く理解できたから、僕はもう一度頷《うなず》きを返した。

「正直、僕も楽しみだよ。みんながいったいどんな歌詞を紡《つむ》ぎ出《だ》して、どんな歌を完成させるのか、もうずっとわくわくしっぱなしだから」

「うん！　そうと決まれば、早速作詞を始めましょ！」

くるみがやる気満々に宣言すると、みんな膝をつき合わせて組んでる円の直径を縮めた。

「何からやりましょうか……？　最初の一歩が難しいですよね、六人だと」

相ヶ江《あいがえ》さんの言うとおりだ。大人数での合作をする場合、とっかかりになる部分がないと誰も踏み出せないよな。

「まずは、一番大きなテーマを決めてみたらどうかな？　その単語から、思い浮かんだ短いフレーズをみんなで自由に出していくとか」

「さすがひびき。それが良さそうね。ねー潤《じゅん》、曲を作る時は、どんなことを考えてたわけ？」

「わにゃ、どんなこと……ええと」

霧夢《きりゆめ》に尋ねられ、少し戸惑いつつも唇に指を当てながら考え込む潤《じゅん》。

「ふんわりと、だけど。……『信じる気持ち』をメロディにできたら良《い》いなって思ってたかな。みんなで力を合わせれば、きっとどんなことでもできる、みたいな。そういう強さを、歌にできたらなって」

「信じる気持ち。……良《い》いわね、それ」

くるみがにっこりと微笑《ほほえ》んで何度も頷《うなず》いた。どうやら大テーマは見つかったかな。僕もすごく、このバンドに相応《ふさわ》しいと思う。

「はむ。それでは、みんなでしんきんぐたいむ。……むむむ。くー」

「いきなり寝ないの！　もうちょっと頑張りなさい！」

ここからはしばし個人作業。それぞれがノートと向き合う様子を、僕は邪魔しないよう少し離れて見守る。

「貴龍《きりゅう》様、どうですか？」

「わっ⁉　こら柚葉《ゆずは》！　覗《のぞ》き込《こ》まないで！」

「あんたがいったいどんな言葉を書くか、わりと気になるわね。ちょっと見せてみてよ」

「こら、くるみダメ！　ノート返しなさいよばか～！」

「わにゃ、私も小梅《こうめ》ちゃんの気になる……」

「見るなってば～！　小梅《こうめ》ちゃん言うな～！」

さっそく、てんやわんやの大騒ぎに発展してしまうのは、ある意味予想通りか。

でもなぜか、もう不安を抱いたりすることはなかった。

この曲は、ちゃんと完成する。

僕の中にもそんな『信じる気持ち』が、もう既にしっかりと根を張っていた。


♪


「なんだかライブハウスに遠征したの、もうずいぶん昔のことのような気がするわね～」

「はむ。でも、まだ一ヶ月経《た》ってない。ふしぎ」

「ねえねえ、柚葉《ゆずは》ちゃんはもう宿題やった？」

「はいっ、潤《じゅん》さん。自分のぶんは一通り終わりました。でも貴龍《きりゅう》様はまだ真っ白です。貴龍《きりゅう》様のためにならないので絶対に見せてあげないつもりです」

「え、ちょっと待ちなさいよ。相ヶ江《あいがえ》家としてちゃんとお供えしなさいよ！　いや、マジで。マジな話！」

「はー。どこにいても騒々しいわねアンタ。大事な日なんだから少しは緊張感を持ちなさいよ……」

大きな川にかかる鉄橋を電車が越えていく。その車内で和気藹々《わきあいあい》とする子どもたちを見つめながら、僕は密《ひそ》かに集中力を高めていた。

いよいよ今日は、デモとして提出する映像の撮影に挑む。あれから無事、新曲は全ての材料が揃《そろ》い、いつでも演奏できる態勢が整った。この夏休みの集大成が、目前に迫っている。

ロケ地は、あの中野《なかの》のライブハウス&スタジオ『Forth Wall』。なんと、エリオットくんのご厚意で設備を使わせてもらえることになったのだ。

目標としているキッズロックフェスに応募する楽曲は、当然ながらメンバーの手による演奏で収録しなければならない。だから基本的に僕ができることはもうほとんどないんだけど、可能な限りいい音で形にしてあげることで、審査の時の印象を変えられるはず。

だから専用の設備を貸して頂けることが本当にありがたかったし、誰もが満足のいく撮影にしなければと余計に気合が入る。今日はある意味僕にとってはいちばん緊張感が高まる一日と言えるかもしれなかった。

「お兄ちゃん、ごめんね。もう小六だっていうのに誰もかれもうるさくて……」

それを察してくれているのだろう、くるみは何度も僕の方に苦笑を向け、みんなをいさめようとしてくれている。

「ううん、平気だよ。ありがとう。むしろ普段通りの様子を見てられる方が、かえって落ち着くし」

「そう、それならよかった。……お兄ちゃん、今日、よろしくね」

「もちろん。できる限り頑張る。くるみも頑張って」

「そうね。後悔しないように、今できる最高の演奏をするわ」

太ももの間に挟んだシンセサイザーを愛《いと》おしげに撫《な》で、くるみはぎゅっと口元を結んだ。

♪

「ふー、アーケードに入ると暑さも少しマシね」

中野《なかの》駅に降り、ブロードウェイを目指して六人で歩いていく。霧夢《きりゆめ》の言う通り、直射日光が当たらなくなるとだいぶ歩きやすくなった。店舗から流れてくるエアコンの冷気もまた、非常にありがたい。

「はむ。響《きょう》にー。ドーナツ買っていこう？」

「だめよ、遊びに行くんじゃないの。おやつは撮影が終わってからよ」

以前も寄ったお店のガラスに額をぺたんと押しつけるそら。その奥襟を引っ張って、希美《のぞみ》が先を急がせようとする。

「……いや、買っていこう。もしかしたら、みんな居るかもしれないし」

少し迷ったけど、ピンときてそらの意見に賛成する。いろいろお世話になるんだから、どうあれ手土産《てみやげ》は必要だろう。

「あっ。ラインホルトのみなさんにですねっ。昨日連絡したら、会えるのを楽しみにしてるって言ってくれました！」

潤《じゅん》が瞳を輝かせ僕を見上げる。それは僕にとっても嬉《うれ》しい情報だった。

「こんにちは、またお世話になります！」

「いらっしゃい響《きょう》はん！　そんなかしこまらんと、自由につかってってってーや！」

ブロードウェイを抜け、目的地のライブハウス兼スタジオに到着。最上階に上がると、変わらぬ明るさと怪しげな関西弁で、エリオットくんが歓迎してくれた。

「やーやー、お久しぶり！　つっても対バンライブからそんなに経《た》ってないけどねー、実は」

そして期待通り、その隣にはラインホルトの三人の姿も。代表して快活に手を上げたのは、浅上《あさがみ》サリーさん。

「お久しぶりです。これ、少ないですけどみなさんでどうぞ」

「わあ、ありがとう。ドーナツ、これも懐《なつ》かしいね」

「うん、リヤン・ド・ファミユのみんなと一緒に食べたよね」

くるみが差し出したドーナツを受け取り、橋元《はしもと》さんと源《みなもと》さんもにっこり微笑《ほほえ》んでくれた。なんとなく、初対面の時よりも表情が柔らかくなったような印象を受ける。

「え、そーなの。こら、私は食べなかったわよ！」

「貴龍《きりゅう》様、食い意地が張りすぎです。あの時、私たちはライブから参戦でしたからね～」

不服そうな霧夢《きりゆめ》を窘《たしな》める相ヶ江《あいがえ》さん。言われてみれば、Dragon≠Nutsのみんながラインホルトと顔を合わせていたのはほんの一日程度なんだよな。すっかり打ち解けているから忘れかけてた。

「おお～、いっぱい買ってきてくれてありがとねん！　レコーディング終わったら、打ち上げ代わりにみんなで食べよう！」

「ううん、そう言ってくれるのは嬉《うれ》しいけど、私たちはけっこう時間かかるかもだし、ぜひ先に食べてて」

潤《じゅん》がそう伝えると、浅上《あさがみ》さんはニヤリと笑って首を振った。

「や、実はウチらもこれからスタジオに籠もって特訓なんだ。だからそっちが終わったら連絡して。その時に食べよ！」

「そうなの？　もちろんありがたいお誘いだけど、てっきり希美《のぞみ》たちのレコーディングを見ていくつもりだと思ってたわ」

「今見ちゃったら本番の楽しみがなくなるじゃん。だからレコーディングは顔出さないことにした。そのぶん、ウチらもしっかり練習！」

「はむ。ありがとう」

そらがお礼をするのに続き、潤《じゅん》も希美《のぞみ》も、くるみも相ヶ江《あいがえ》さんも霧夢《きりゆめ》も嬉《うれ》しそうに会釈《えしゃく》した。

本番の楽しみ。つまり、浅上《あさがみ》さんはこの六人がフェス出場を果たせると信じてくれているのだ。こんなにも心強い言葉は、他に見つかりそうもなかった。


♪


「ほーい。照明はこんな具合でええか？」

ライブハウスのステージに全員が配置し終えるのを待って、ＰＡ卓の前でエリオットくんが合図して下さる。

「はい！　バッチリだと思います！」

僕もみんなの立ち位置のバランスを最終チェックして、ＯＫサインを出す。無人の客席のど真ん中に置いたビデオカメラと据え置きのマイクの前に立ち、ファインダーを覗《のぞ》き込《こ》むと、プロのライブ映像に劣らぬ絵面《えづら》が四角い枠の中に収まっていた。

　これなら、完璧だ。このバンドの魅力を、必ずや一本の動画の中に凝縮して詰め込むことができる。

　改めてエリオットくんに深く感謝。

「よし、みんな。準備はいい？　何テイクか撮るから、あまり気張らずに行こう」

「わ、わにゃ……はいっ。普段通りの演奏ができるよう頑張りますっ」

「せっかくだから、希美《のぞみ》のかっこよくてカワイイとこ、いーっぱい見せないとねっ！」

「はむ。ドラムの後ろでも存在感が出せるようがんばります」

「私も鍵盤から動けないぶん、優雅に演奏しないと、ね」

「私はあまり無理せず、演奏に集中した方が良《い》いですねっ……！　楽器歴浅いですし」

「ま、せいぜいみんな頑張って。どうしたって主役は、スクリーンで踊る私の絵になっちゃうけどね。……ふふ、ようやく本領発揮できるわ」

　親指を立てて尋ねると、六人は思い思いの表情で今の思いを伝えてくれる。性格によって自信度はまちまちといった感じだけど、大丈夫。誰もが適度な緊張感に包まれつつも平常心を保てていて、コンディションはベストと言えそうだ。

「始めよう、ファーストテイク！」

　僕の合図に合わせて、そらがカウントを入れる。まだお客さんはいないけど、これが六人による新曲、最初のステージだ。その現場に立ち会える栄誉を、心の底から噛《か》みしめよう。

とはいえ、僕にも大事な仕事がある。より良い画《え》を捉えられるようファインダーとの真剣勝負を続けているうちに、あっという間の五分間が過ぎ去った。

「……キミら、えらいもん作ってまったなあ」

爆音の余韻が消えてから少しして、ぼそりと呟《つぶや》いたエリオットくん。

その一言で確信した。もしかしたら、TAKE2は無しでも良《い》いかもしれないな。いきなり、非の打ち所がないパフォーマンスを録画することができた。そう思わずにはいられなかった。


♪


「い、いいの？　本当に出すよ？」

「いいんです、響《きょう》さん。気持ちが変わっちゃう前に、早く……早く中にっ」

潤《じゅん》の掠《かす》れるような声に、僕は激しく心を乱してしまう。けど、そう言われて躊躇《ちゅうちょ》したら男がすたるというものだろう。覚悟を決め、大きく膨らんだそれを奥の奥まで突っ込んでいく。

「それじゃ……提出！」

そして僕は手を離し、ポストの中に郵便物を落とし込んだ。

「……出し、ました」

「うわー、本当に出しちゃいましたね……！」

相ヶ江《あいがえ》さんのうわずった声を皮切りに、六人から大きく息が漏れた。

夏休みの最終日。僕たちは相談を重ねた結果、早くもデモ映像をフェス事務局へ送ってしまうことにした。締め切りはまだ二ヶ月も先だから、もっと研鑽《けんさん》を積んでから改めて撮り直すという選択肢もあるにはあった。

けど、出来上がった映像を見て誰もが確かな手応えを感じていたし、それに。衝動のままに作り上げたこの一夏の記録こそ、作りたてほやほやの曲が持つ特有の勢いを閉じ込めることに成功しているようにも思える。確かにこれからもっとテクニックは上達するだろうけど、今の映像が持ってる熱量を超えられるものが出せるかというと、それは別問題ではないだろうか。

さらにもう一段の高みへ到達することがあるとしたら、それはきっと……どこか特別なステージの上。そんな気がする。

「もう、後戻りはできないわね」

「あら、くるみ。後悔してるの？」

「ううん、してないわ。ただ、あとはもうずっと待つだけ、というのがちょっともどかしいけどね」

わざとからかうような言い方をした希美《のぞみ》に対し、くるみは涼やかに両手を肩の辺りまで持ち上げて否定する。

「数ヶ月も待たされるなんて納得がいかないわ。今年こそ予選突破に決まってるんだからとりあえず連絡よこしなさいよね」

すん、と鼻を鳴らす霧夢《きりゆめ》。向こうにも事情があるだろうからそういうわけにもいかないだろうけど、気持ちはすごく共感できた。

「これからしばらく、長い忍耐の毎日だね。学校も始まっちゃうし」

「はむ。ゆっくり朝ねぼうできなくなる。とてもつらい」

本気で辛《つら》そうなそらに、みんな呆《あき》れ半分《はんぶん》、共感半分で笑いかけた。確かにこれから、生活のリズムを戻すのは大変そうだ。学校にも楽しみはいろいろあるけど、この夏休みのことを思い起こすと一抹の名残惜《なごりお》しさを感じずにはいられない。

「……本当に、音楽漬けだったねー、今年は」

夏空を見上げ呟《つぶや》くと、談笑していた子どもたちもふと言葉を止めた。

「そうですね。なんだか本物のバンドマンになったみたいです」

「あら、本物のバンドマンじゃない。誰がなんと言おうと希美《のぞみ》はそう思うわ。だってこれだけ真剣に、バンドと向き合ってきたんだもの」

「楽しかったし、思い出もいっぱいできた。もっともっと、バンドしたい」

穏やかに、気持ちを伝え合う潤《じゅん》と希美《のぞみ》とそら。

「あんまりお出かけしてないけど、すごく充実してた。ほとんど毎日みたいに、みんなといっしょだったから」

くるみもしみじみと、目を閉じて記憶に思いを馳《は》せている様子だ。

「僕も本当に幸せだった。今まで、ありがとう。これからもいっしょにがんばろう！」

こうして僕たちの、大切な夏休みが幕を閉じた。

「ところで貴龍《きりゅう》様。宿題、終わってますよね？　大丈夫だとは思いますが、絶対に手伝いませんからね？」

「柚葉《ゆずは》……さん。その件につきまして、少しばかりご相談が……」

……ごく一部で、地獄のロスタイムの香りが漂っているけど。

そして結局この後霧夢《きりゆめ》に泣き付かれ、みんなで宿題のサポートをしてあげることになったのだった。

これもまた、夏の終わり……か。

♪

そうしてあっさりと日常は戻ってきた。朝起きて、学校に行って、ライブに向けて練習して

……という、愛《いと》おしくてなだらかな子どもたちと過ごす日々。

「……まだ、返事来ないのかしら？」

「ぞみ、まだ締め切り日にすらなってないよ」

「はむ。待ちくたびれて眠くなってきた」

いや、そうは言ったものの常に隣り合わせの『非日常』もある。既に応募を済ませてしまったが故、まだ結果発表はだいぶ先だとわかっていてもなんとなくそわそわしてしまう僕たちなのであった。この日のリヤン・ド・ファミユの練習も、どこか気もそぞろな空気が流れてしまっていた。

ちなみに、Dragon≠Nutsのみんなは武者修行を続けているため、未《いま》だにタランチュラホークのみなさんに練習を見てもらっている時間の方が長い。次の定期ライブではまだ六人編成は披露せず、対バンの形で共演することになり、良《い》い意味での緊張関係を保ち続けている。

閑話休題。

「あーんもう、やっぱりまだ出さなきゃ良かったかしら？　気になって仕方ないわ」

「みんなの気持ちはすごくよくわかるけど、これは！　というのが撮影できたんだし、後悔する必要はないと思うよ？」

「はい……。なるべく考えないようにしようと思ってるんですけど……」

「ついつい考えてしまうのです。にんげんは、よわい生き物です。はむ」

なだめようとしても、みんな理屈ではわかってるんだけど……という感じだ。かく言う自分もたまにふと結果についてあれこれ思案してしまうからなあ。当事者であるみんなに忘れようと言うのはどだい無茶な話なのかも。

ちょっと、何かしら打開策を考えた方が良《い》いかな。このままだと、若干ながら練習にも影響が出そうだ。

迷った結果、僕はふと思いつきで尋ねてみる。

「……もう、出しちゃったものは取り戻せないし。とりあえず気分転換でもしてみようか？」

「わにゃ、気分転換ですか？」

「うん。次のお休み、どこかにお出かけでもしてみるとか」

ガタッ、と。希美《のぞみ》とそらが僕の至近まで顔を近づけた。

「はむ。おでかけ、したい」

「すっごく名案だわ！　何か他に楽しいことを考えてれば、ひとまずは応募のこと忘れられるし！」

よかった、賛同してもらえた。ただでさえここのところ、ストイックに音楽を追究しすぎた感じもするわけで。みんなまだ遊びたい盛りの小学生なんだし、息を抜いてあげることもきっと大切に違いない。

「そう言ってもらえるならぜひ行こう！　ただ、ごめん。実はノープランで、ぜんぜんどこに遊びに行くかとか考えてないんだ」

「そんなのどこでもいいですっ。響《きよう》さんとお出かけできるなら……えへへ。私たちは、どこでも嬉《うれ》しいです」

「買い物したり、ごはんたべたり、ちょっとだけおでかけして、ふつうに遊ぼう？」

そっか、それで良《い》いのか。なら、僕としてもすごく気が楽でありがたい。

「わかった。……あ、それとDragon≠Nutsの三人にも声をかけておく？」

「……えっとね。希美《のぞみ》たちだけじゃダメ？　もちろんみんなでいっしょに遊びに行くのも楽しいんだけど、最近、響《きょう》と四人でお出かけって、あんまりなかったから。久しぶりに、ダメかしら？」

少し言《い》い出《だ》し辛《づら》そうに、希美《のぞみ》が上目遣いになる。僕としてはどちらでも構わないし、また仲《なか》違《たが》いしてしまっているわけじゃないのは普段の様子からちゃんとわかってる。

それに、言われてみれば、この四人でどこかに行く、という機会が少しご無沙汰だったかも。

よし、そういうことなら。

「もちろん良《い》いよ。じゃあ、週末は四人で近くにお出かけしよう！」

改めて告げると、三人は顔を見合わせ笑みを溢《あふ》れさせてくれる。

「ありがとうございますっ！　響《きょう》さんとお出かけ、とっても楽しみです！」

「はむ。ありがとう響《きょう》にー」

喜んでもらえて良かった。僕としてもその事実だけですごく嬉《うれ》しい。よし、週末はちゃんとエスコートできるように気合を入れておこう。

♪


「みんな、お待たせ！」

そうして迎えた週末。いつもの駅で僕たちは待ち合わせた。

「いえっ、私たちも今来たところですっ」

「……っていうとウソっぽいけど、本当に着いたばかりよ」

「はむ。響《きょう》にー、ナイスタイミング」

顔を合わせるや、一斉にすぐ傍《そば》まで駆け寄ってくれる三人。もう何度も会っているのに、こうして歓迎してもらえてとても嬉《うれ》しかった。

この駅前も懐《なつ》かしいな。まだ知り合って間もない頃、いっしょにチラシ配りをがんばったっけ。成果は出なかったけど、今となってはあれも忘れがたい思い出だ。

「それなら良かったよ。さて、どこに行こうか……？」

一応いくつかプランは考えてきたけど、みんなの希望が第一だからまずは率直に質問してみることにした。

「そうね。近場で良《い》いんだけど、せっかくだし行ったことのない場所がいいかしら？」

「あと、あんまり人混みが多くない方が嬉《うれ》しいかもです」

「のんびりお散歩したり、休憩したりしたいかも」

ふむふむ。三人の意見をまとめると、近場で、行ったことがなくて、人混みが辛《つら》くなくて、のんびりできるところか。

「よし、それなら……」

なんという偶然か。候補のうち、まさに！　という場所がひとつあるぞ。

「響《きょう》さん、良《い》いところが考えつきましたかっ？」

「うん、たぶんだけど。みんな、任せてくれるかな？」

「はむ。もちろんおまかせです」

「それじゃ行きましょ！　とーっても楽しみ！」

了承を得たので、頷《うなず》き合《あ》って僕たちはホームに向かう。さあ、みんなにとって良《い》い息抜きの時間にしてあげないと。


♪


電車で移動すること、たった五分。降り立ったのは桜花《さくら》とも来たことのあるショッピングモールの最寄り駅だ。

「あそこに行くの？　別に良《い》いけど、あそこなら希美《のぞみ》たち行ったことあるわよ？」

「うん、だと思った。だから、今日はあえてそっちに行ってみない？」

「はむ。あれは、何屋さん？」

僕が指差したのは、世界的に有名な北欧家具のチェーン店。いろいろ調べた結果、中はかなり広くてちょっと変わったフードコートもあり、子どもでも楽しめる場所なのだそうだ。

「家具屋さんですかっ。大きいですね！」

「普段行かないところだし、面白そう！　いいわ！　あそこにしましょ！」

「家具屋さん。ベッドがあるかも。みりょくてき。れっつごー」

興味を持ってもらえたみたいで何より。安堵《あんど》して、僕たちは目当てのお店までのんびりと歩き出した。

「とうちゃーく」

「わにゃ、すごい。近くで見るとますます大きいですね！」

「全部見るだけでも大変そうねー」

「何か買いたいものがあるわけじゃないから、興味ありそうなところだけサッと見ていこう。ところで、みんなお腹《なか》は空《す》いてる？」

尋ねると、三人とも少しはにかんでアイコンタクトを送ってきた。これは『空《す》いてる』のサインと受け取るのが正解だな。

「それじゃあ、まず先にフードコートに行こうか？　その後で売り場に入ってみよう」

『賛成！』

全会一致を受け、まずは腹ごしらえに向かう僕たち。

「響《きょう》さん、なんだか外国っぽいです！」

「確かに。もともと海外のお店みたいだからね～」

「メニューもあんまり見たことないのが多いわ。どれにしようかしら♪」

「はむ。ソフトクリームとホットドッグがすごく安い。これはおとく」

みんなしばし迷っていたけど、最終的にはお得感に惹《ひ》かれてまずホットドッグ、デザートにソフトクリームという組み合わせに決めたようだ。ちなみにこれくらいの値段なら僕が出すといつも伝えるものの、『マスターの厳命でそれはダメです！』と、強く拒まれてしまう。今日もやっぱりそうだった。なので、せめてもと思いみんなで食べる用のミートボールを一皿追加しておいた。

「はむ。ホットドッグ、思ったよりおいしい」

「そうだね！　素朴すぎて、それが一周回ってちょうど良《い》いバランスな感じがするよ」

「あはは……」

なかなかどうして手厳しく、正鵠《せいこく》を射ていそうな潤《じゅん》のレビューだった。もちろん全然悪気ない発言だろうけど。

「ソフトクリーム、希美《のぞみ》はこれ、好き。あんまり頑張りすぎてない感じが」

「あー、わかるかも」

僕もソフトクリームの味はけっこう気に入った。濃厚すぎるとちょっとデザートには重いこともあるからなあ。

「はむ。ごちそうさまでした」

「それじゃあ響《きょう》さんっ、今度はお店の方に向かいましょうか？」

「ここから売り場がちょっと見えるけど、想像してたよりいろんなものがあって驚いたわ。響《きょう》、行きましょ！」

「うん、それじゃあ出発だ」

満を持して、売り場の方へ向かう僕たち。順路に沿って進むと、まず目に入ったのは細かく区切られたブースの中に、一通りの生活家具が設置されたスペースだった。なるほど、こうやって一室を模して展示されていると、サイズ感とかデザインが雰囲気に合うかとか、すごくわかりやすい。よく考えられているなあと感心しきり。

「うわー、オシャレ。良《い》いわねえ。希美《のぞみ》もこういうお部屋に住んでみたい」

「響《きょう》さん。どの家具も、思ったより高くないですね。あんまり家具の値段、知らないだけかもですが……」

「いや、たぶん安いんだと思うよ。それも理由があって、ここの家具は買ってから自分で組み立てなきゃダメなんだって。だからそのぶん、お得な価格みたい」

「はむ。家具の組みたて、楽しそう。楽しいのに、値段もおとく。……なぜ？」

そらがしきりに首を捻《ひね》っている。確かにその気持ちも少しわかる。僕もわりと何かを組み立てたりするの、けっこう好きだし。

「組み立て失敗したりしたら悲劇っぽいケドねー。……あ、この部屋もすてき。オシャレな大学生の一人暮らし……って感じかしら」

「そんな感じだね！　……さくちゃん、こういうところに住んでたら似合いそうだな」

「……………はむ」

潤《じゅん》がぽつりと発した言葉で、ふっと三人の会話が止まった。そして、そらがぽすんとベッドの上に腰掛け、希美《のぞみ》と潤《じゅん》もその隣に並んだ。

「ねえ、響《きょう》。……響《きょう》は、大学に行く？　今のおうちから、出て行っちゃう？」

おもむろに、希美《のぞみ》がそんな質問をする。気付けば三人とも、やけに真面目な顔つきだ。

もしかすると、ずっと僕に訊《き》きたいと思っていたことなのかもしれない。

「今は……わからない。まだ高二だし、住むところまでは考えてない、かな。……ただ、学校には進学したいって思ってる」

「さくちゃんも、そう言ってました。もちろん、その時は私たちも応援しますっ」

「でも、あんまり会えなくなったら寂しい」

そんな風に思ってもらえること自体が、とてつもなく嬉《うれ》しかった。僕だって、それは同じ気持ちだ。

「ありがとう。もしそうなっても、絶対何度も会いに来るよ。というか、進学しても自宅から通う可能性の方が高いと思うけど」

ベッドに近付き、三人それぞれの頭をぽん、と撫《な》でる。みんないくらか、安心したような面持ちを見せてくれた。

「でも、ひとり暮らしにも憧れたりしないの？　そうなったら……桜花《さくら》とイチャイチャし放題よ？」

「な」

希美《のぞみ》の質問が不意打ち過ぎて、必要以上に焦《あせ》ってしまった。なんか今の態度、後ろ暗いところがあるみたいな誤解を招く気が。

「響《きょう》さんとさくちゃんは、お似合いのカップルだと思います……えへへ」

なんだか上手《うま》く言葉に表せない微笑《ほほえ》み方《かた》で、潤《じゅん》がうつむく。

「……えーと。桜花《さくら》は、うん。すごく、魅力的な女性だ。ただ、今はそういうことを考える気持ちより、みんなで楽しく過ごして、音楽をして、将来のために勉強して。そういう時間の方が、僕の中では大きいんだ。しばらく、この気持ちは変わらない」

「はむ、さくねーも同じこと言ってた」

同じ……それはつまり。

「二人とも、呑気《のんき》ねー。でも、忘れてない？　ふふっ、希美《のぞみ》たちも、成長するってことを。今の響《きょう》と桜花《さくら》と同じ高校生まで、あとたった四年よ？　ずーっと魅力的になった希美《のぞみ》たちが、もうその時は黙ってないかもしれないからね？」

「……響《きょう》さん。私、がんばりますっ。響《きょう》さんに今よりもたくさん認めてもらえるように。もっと、好きになってもらえるように。これからもっともっとがんばりますっ」

「はむ。わたしたちの、のびしろにご期待ください」

こういう時、なんて返事するのが正しいのだろう。……いや、正解なんてどこにもないのか。生きていれば、出会うのは正解のない選択肢ばかりだ。

だから。

「わかった。そんな風に言ってもらえて、すごく嬉《うれ》しいよ。本当にありがとう」

三人の気持ちが離れてしまうような毎日を送らないよう、僕も頑張ろう。そしてこれから出会うありとあらゆる選択肢と、全身全霊の誠意で向き合おう。そう心に誓った。

「あ、言ったわね。なら、ちゃんと見てなさいよ、これからもどんどん成長していく、希美《のぞみ》たちを」

「もちろん」

もう一度頷《うなず》くと、三人はにっこり笑い合ってベッドから立ち上がった。

「響《きょう》さん、もっといろいろ見に行きましょう！」

早足ではしゃぎ合いながら歩き出した潤《じゅん》たちは、さっきの静謐《せいひつ》な雰囲気が嘘《うそ》のような無邪気さに包み込まれていた。

女の子と少女の境界線。それが小学六年生なのかもしれない。

「はむ。おっきいベッド。待ってました」

「こら、そら！　寝ちゃダメでしょ！」

「ご自由にお試し下さいって書いてあるよ？　……くー」

「あっ、本当だね。じゃあ、私も……えへへ」

「む……。そ、それなら希美《のぞみ》も……よいしょっと」

同じベッドで三人川の字になる潤《じゅん》たち。その様子を見てると、本当にかわいらしい子どもたちだな、という感想しか浮かばないけれど。

「これくらい大きければ、成長しても三人いっしょに寝れるかしら？」

「はむ。きっと大丈夫。でも、響《きょう》にーもいっしょだとせまいかも？」

「あっ、そうかも……。響《きょう》さん、響《きょう》さんもここに寝てみて下さい」

「えっ、いやそれはさすがにいろいろ……」

なんて、油断した瞬間に窮地に追い込まれたりもしつつ。

とにかく、今のみんなの表情を見る限り、良《い》いリフレッシュの時間にはなっているようだ。

なにはさておき本当によかった。

PASSAGE 3

金城《かねしろ》そら

【誕生日】12/1　【血液型】AB

【学校】城見台《しろみだい》小学校　5年2組

【フェスに向けての意気込み】
はむ。まいぺーす&へいじょうしん。

Here comes the three angels
3天使の3P!
スリーピース

『リヤン・ド・ファミユでしたっ。今日もありがとうございました！　またいっしょに、昇天しましょうねっ♪』

潤《じゅん》の締めの挨拶で、九月の定期演奏会の幕が閉じた。

この日もかなりの盛況。教会で行うライブに関しては、ここのところずっと安定した動員数をキープすることができていた。

実際、客観的に評価しても、みんな上手《うま》くなったもんなあ。お世辞抜きに、お金を払ってでも見に来る価値のあるバンドだと心から思う。……ちょっと下世話だけど、ふつうのライブハウスよりもチケット代安いし、ドリンク代もかからないし。

「おっす。リヤンもよくなってるなー」

「あ、ソロウさん。そう言ってもらえてホッとします。Dragon♯Nutsの成長に毎回驚かされっぱなしなので」

終演して一息ついた僕のそばに、くるみたちの先生であるタランチュラホークの三人がやってきて、ソロウさんが嬉《うれ》しいことを言ってくれた。今日のライブ……というかこの定期演奏会に関しては今後も『天使と悪魔のいがみ合い』スタイルで続けていくので、六人は再び三人と三人のライバル関係に戻っている。

「共同でフェス目指すって聞いた時は、なれ合いで牙が抜けちまうんじゃないかって心配したけどな。杞憂《きゆう》に終わって何よりだ」

「そこはやっぱり、お互い負けたくない気持ちが強いみたいで。僕としては六人で完全に結束することになっても、こんな風に対バンの関係が続くのでも、どちらでも良《い》いかなって思っていましたが」

「アタシはなれ合い大反対だね。対抗心で成長してきたバンドなんだから、『敵』を失ったらきっと伸びしろがなくなる。たまにのお祭りくらいなら構わないけど、フェスが終わったらまたガンガンやり合ってもらわなくちゃ」

愉《たの》しそうに八重歯を覗《のぞ》かせるソロウさん。獲物に食らいつく獣の目をしていた。

「あはは……。でも、それってつまり、これからもしばらくDragon≒Nutsのみんなのこと、見続けてくれるってことですよね？」

「そりゃ、約束だしな。アタシらとしても、ここまでいろいろちょっかい出したからには、終わりにするにはまだ中途半端《ちゅうとはんぱ》だ。あいつらがもう勘弁してくれって言うまでは続けるつもりだけど、何、迷惑？」

「まさか。とってもありがたいです。おかげで僕も、毎回たくさん刺激を受けています」

「……あー、そういう話なら、ついでに。響《きょう》は、リヤン・ド・ファミユのこと、どうしたいんだ？」

「えっ？」

「そっちも良《い》いバンドだよ、間違いなく。この教会のキャパでなら安定してお客さん呼べるのも当然だ。でも、そのレベルでいいの？　もっと大きく、外に名を売っていきたいみたいな野望はないの？」

野望、か。正直、僕としてはあまり考えたことがなかった。ここでライブ活動を続けたい、フェスに挑戦して力試しがしたいという気持ちはみんな共通してるだろうけど、潤《じゅん》たちは自分たちの未来のことをどういう風に思っているのかな。

例えば。プロになって、音楽で生きていきたいという気持ちはあるのだろうか。

「あまりそういう話は、今までしてきませんでした……」

「ま、相手は小学生だからわからないでもないけど。でも、いつかはそういうことも決めなきゃいけない日が来ると思うよ。その時に備えて、漠然と考えておいてもいいかもね」

そうかもしれない。最初、みんなにとってバンド活動って、この場所で思い出を作るためだけのものだった。それがどんどん広がっていって、今も精力的に活動を続けている。これからどうしたいかというのも、視野に入れるべき時が来てるのかも。

「――響《きょう》くん、お疲れ様」

ソロウさんの言葉にいろいろ思いを巡らせていると、後ろから呼び声。振り返れば、そこにはこの日のスペシャルゲストの姿があった。

「小百合《さゆり》さん。ライブ見守って下さって、ありがとうございました！」

尾城小百合《おぎさゆり》さん。霧夢《きりゆめ》のお母さんが、仕事でこっちに来るタイミングに合わせ観賞して下さったのだ。

「こちらこそ素敵な時間をありがとう。うーん、感動しちゃった！　みんなすごかったし、うちの娘もわりと捨てたもんじゃないわね」

声のトーンを上げ、手を組む小百合《さゆり》さん。楽しんでもらえたのが伝わってきて、僕も心から嬉《うれ》しくなった。

「っと、いけない。感動のあまりお話を邪魔しちゃったわね、ごめんなさい」

その直後にソロウさんたちの存在に気付き、お詫《わ》びを告げる小百合《さゆり》さん。

「あ、いや、全然です……えっと」

当然ながら初対面だろうし、紹介した方が良さそうだ。

「小百合《さゆり》さん、このお三方はタランチュラホークというバンドのメンバーで、霧夢《きりゆめ》……小梅《こうめ》さんたちの先生を引き受けて下さってるんです」

「そうなのね！　いつも娘がお世話になっています！　尾城小梅《おぎこうめ》の母、尾城小百合《おぎさゆり》です」

「あ……そ、そうでしたか。ええと、どうも。…………ソロウです」

「え。うそ。本名で挨拶しないの……？」

「確かに貫井《ぬくい》の前で本名使うの癪《しゃく》だし……しかし……」

ぎこちなくお辞儀したソロウさんの後ろで、鴉《からす》さんと緑《りょくすい》水晶《しょう》さんもソワソワし始めた。図らずも、普段絶対キャラを崩そうとしないみなさんの貴重なシーンを拝見することに。

♪


平穏無事に終わった定期ライブ。しかし事件は翌朝に待っていた。

「ん……？　なんだ……？」

カーテンを閉めた暗い自室に、こつ、こつ、という謎の音が響いて目が覚める。スマホを覗《のぞ》くと、まだ午前五時台。鳥か何かが窓のへりにとまっているのか……？

「せっかくの祝日だからゆっくり寝ようと思ったのに……」

目をこすりながら、窓際《まどぎわ》へ。そして恐る恐るカーテンを開けると、

——ニコニコ。


木にぶら下がった霧夢《きりゆめ》が、満面の笑みをこちらに向けていた。

「えええええええ……!?」

驚いた。それ以上に呆《あき》れた。なんて危ない、そして常識外れな真似《まね》を……。まあ常識外れはいつものことだけど。

「ちょっ、もう！　ダメだよ、なにもかもが！」

さすがにこの状況では窓を開けざるを得ず。

「ほっ、と。おはようひびき、今日も良《い》い朝ね」

朝のさわやかな空気と共に、霧夢《きりゆめ》が颯爽《さっそう》と部屋に飛び込んでくるのを僕は項垂《うなだ》れながら見過ごした。

「おはよう霧夢《きりゆめ》。……で、なにごと？」

「うーん、まあ。なんていうか……プチ家出？」

「帰りましょう。みんな心配するよ」

「まーまーお構いなく。とにかく、ふわぁ……。無理して起きてきたから眠くて仕方ないわ。ひびき、ちょっとベッド貸してね？」

返事も待たず、霧夢《きりゆめ》は僕のベッドに飛び込んで、タオルケットを身体《からだ》に巻き付けた。

「ひびきの匂いがする……。良《い》い夢見れそうだわ……ふわぁ」

「ちょ、ダメだってば本当に……」

「あら？　いっしょに寝たいの、いいわよ。いらっしゃい」

大わらわになって駆け寄ると、霧夢《きりゆめ》はとろんとした目で僕の方に両手を伸ばす。

「……ねえ、お兄ちゃんどうしたの。なんか騒々しいけ、どっ⁉」

そうしているうち最悪の展開に。なんとくるみが異変に気付き、僕の部屋にやってきてしま

った。

仰向けの霧夢《きりゆめ》に覆《おお》い被《かぶ》さるような体勢のまま、僕はゆっくりと振り返る。

嫌な予感しかしない。

「ちょ、ちょちょちょちょちょっと……どういうことなのよこれは～～～～!?」

案の定血相を変え、僕たちの方へ駆け寄るくるみ。

「うるさいわねぇ小姑《こじゅうと》。私とひびきの、神聖なる朝の営みを邪魔しないで！」

「……霧夢《きりゆめ》。お願いだから、せめてこれ以上ややこしくしないで」

傍《かたわ》らで幕を開けた苛烈な舌戦に頭を抱えながら、祈るように呟《つぶや》く僕だった。


「やっぱり、小百合《さゆり》さんに怒られたみたいね……」

数時間後、くるみから相ヶ江《あいがえ》さんに問い合わせてもらい、だいたいの顛末《てんまつ》は理解できた。かいつまむと、小百合《さゆり》さんに日頃の生活態度の悪さがバレて昨日の夜思いっきりお説教。それに懲りて霧夢《きりゆめ》は早朝に家を抜け出してきたらしい。

「じゃあ、小百合《さゆり》さんもユナさんのところに泊まってるのかな？」

「そうみたい。昨日の夜は宴会で大盛り上がりだったって。そのせいで小百合《さゆり》さんはまだ寝てるから、起きたら柚葉《ゆずは》から報告してくれるそうよ」

よかった。霧夢《きりゆめ》には悪いけどこのままかくまうわけにもいかない。どうにか親子で和解してもらわなければ。

ちなみに霧夢《きりゆめ》は現在僕の部屋で爆睡中。落ち着かないので僕はくるみの部屋に避難させてもらっている。

「あとは、どうやって霧夢《きりゆめ》をユナさんのところに帰すかだけど……」

「難題ね。どうせゴネまくるに決まってるもの」

膝をつき合わせ、妹と真剣に悩むことしばし。

――ぐー、と。僕のお腹《なか》が勢いよく音を立てた。

「……とりあえず、ご飯にしましょうか」

「だね。腹が減ってはなんとやら、だ」

照れ笑いで答えつつ立ち上がり、二人して階下のリビングへ向かう。

「お兄ちゃん、何食べる？　といってもそんなに選択肢ないけど」

「アリモノでぜんぜんいいよー。食パンは使い切っちゃった方が良さそうだね」

「そうねー。あとは玉子……ふむ、それならフレンチトーストは？」

「いいね、賛成！　僕はサラダとお茶の準備をするね」

「うん、お願い♪」

相談して、作業分担。くるみが焼いてくれるフレンチトースト、美味《おい》しいんだよなあ。早くも楽しみになってきた。

わくわくしながら、兄妹《きょうだい》水入らずで食事の準備。両親が仕事でなかなか家に帰ってこれないのは寂しいけど、こういう穏やかな時間には家族の温かみというものをすごく感じる。

「おっはよー！　何作ってるの？　なんかすっごく良《い》い匂いしてきたんだけど！」

そんなことを思った矢先に霧夢《きりゆめ》の無邪気な声が響いた。なんとなく、自分に子どもができた時のことを想像してしまうようなタイミングで、つい笑みが零《こぼ》れた。

……って、それもいろいろ語弊があるか。

「あんた、厚かましくも食べる気……？」

コーヒーの出し殻を呑《の》み込《こ》んだような顔をするくるみ。……と、言いつつちゃんと三人分焼いてくれているのがまた、なんともよくできた妹だ。

「あったり前でしょ〜。ほらほら早く〜！」

スキップでダイニングテーブルに腰掛け、テレビのスイッチを入れる霧夢《きりゆめ》を見て、僕とくるみはたまらず呆《あき》れ笑《わら》い。まあ、こんな風に賑《にぎ》やかな朝自体は悪くない。

「ふわー美味《おい》しかった。なかなかやるじゃない、くるみ」

「それはどーも。ちゃんとお皿流しに出しといてね」

「えーメンドクサイ」

「それが人の家でごはん食べさせてもらった態度⁉　そんなんだから――」


――ピンポーン。


くるみの教育的指導が、インターフォンで打ち消される。珍しいな、誰だろう。

「私、出てくるわね」

「あ、ごめんねくるみ」

僕が動くより先に、玄関に向かってくれる妹。何から何までやらせちゃってダメだなあ。深く反省。

「ごめんくださーい」

「あら、柚葉《ゆずは》。それに、小百合《さゆり》さん！」

ほどなく、玄関の方からそんな会話が聞こえてきた。

「……げ。マジで⁉」

とたんにビクリと立ち上がった霧夢《きりゆめ》は、反射的にキッチンの方へ退避を試みる。

「なんでここがバレたの……⁉　ひびき、私ならいないって言って！　一生のお願い！」

流し台の上から顔だけを出してそう告げたのち、霧夢《きりゆめ》は身を隠してしまう。うーん、そんなわけにもいかないんだけど、いきなり引き渡そうとしても逃げられちゃいそうだ。霧夢《きりゆめ》がいることは少しタイミングを見計らって伝えるべきか。

「おはようございます、貫井《ぬくい》くん」

「……おはよー。あぁー、頭いたい」

迷ってるうちに、くるみの案内で相ヶ江《あいがえ》さんと小百合《さゆり》さんがリビングにやってきた。とりあえずテーブルから食器を片付け、二人に腰を落ち着けてもらう。

「すみません。散らかってますけど、どうぞ」

「とんでもない。こっちこそごめんね、急に押しかけちゃって」

心底申し訳なさそうに謝る小百合《さゆり》さんの視線が、僕が片付けている食器に向く。三セットあるという事実から、おそらく現状は察してもらえたような気がする。

「今日は、改めてお礼を言いに来たの。小梅《こうめ》のこと、いつもたくさん面倒を見てくれて本当にありがとう」

四人でテーブルを囲むと、少し間を置いてから小百合《さゆり》さんがそう切り出した。

「いえ、そんな！　僕もすごく楽しい思いをさせてもらってますし、小梅《こうめ》さんの絵の才能のおかげでとても助かっています」

「そう言ってもらえて親としてもすごく嬉《うれ》しいわ。小梅《こうめ》自身も毎日楽しそうで、思い切ってこっちに旅立たせて本当によかったと思ってる……でも」

「でも？　もしかして、心配事ですか？」

くるみが合いの手を入れる。おそらくこれは小百合《さゆり》さんがなにか仕掛けようとしている場面。それを察し、話を進めやすい空気を作ろうとしている感じだ。

「どうも最近、あの子は自由を満喫しすぎの気がしてねぇ」

「その通りですね」

くるみ、その合いの手はいらないと思う。

「だから不安なのよ。人様に迷惑をかけない、ちゃんとした大人になってくれるのか。ユズちゃんがお世話をしてくれているのは頼もしいんだけど、ここのところそのユズちゃんの言うことも聞かなくなってるっていうし……」

「力が足りず、お恥ずかしい限りです」

しゅん、と落ち込んでみせる相ヶ江《あいがえ》さん。今は取り繕わずこのまま話を聞き続けよう。

「それで、貫井《ぬくい》くんにお願いしたいことがあるの。ねえ、貴方《あなた》。……ユズちゃんと婚約してくれない？」

「え⁉」

「は⁉」

「きゃ♡」

僕、くるみ、相ヶ江《あいがえ》さんの順で大きな声が漏れ出た。小百合《さゆり》さんの『狙い』はなんとなくわかったものの、いきなりそんなことを言われるとさすがに戸惑う。くるみは阿修羅面《あしゅらめん》みたいな表情になってる。

「お願い。きっと貫井《ぬくい》くんの言うことなら、ちゃんとあの子も聞くと思うのよ。だからもし貫《ぬく》井《い》くんが、代々貴龍《きりゅう》の神子《みこ》の世話係を務めてくれている相ヶ江《あいがえ》家と縁を結んだら、百人力だわ。どう？　ユズちゃん美人だし、悪い話じゃないでしょう？」

「い、いや……その……」

まごつく僕。と、その時。背後からものすごい勢いで駆け寄ってくる足音が。

「待ってよお母さん！　異議あり！　それならむしろ、私がひびきと結婚する！　旦那様の言うことならちゃんと聞くって約束するから、それでバッチリでしょ⁉」

小百合《さゆり》さんににじり寄り、必死の形相で抗議する霧夢《きりゆめ》。

傍《かたわ》らで、くるみはバリのお面みたいな顔をしている。

「うふふ。貴龍《きりゅう》様、つーかまえた♪」

まあ、とにもかくにもこれにてミッションクリアだ。サッと機転を利《き》かせ、相ヶ江《あいがえ》さんが霧《きり》夢《ゆめ》を後ろから抱き留める。

「……げ。し、しまった」

顔面蒼白《がんめんそうはく》になる霧夢《きりゆめ》だったけど、時既に遅し。

それにしても、こんな誘い出し方以外に方法はなかったのだろうか。

「それじゃ、貫井《ぬくい》くん。ホントお騒がせしてごめんねー。この子のことは改めてよ～～～く、しつけておくから」

「痛い！　お母さん痛いってば～!?」

奥襟を持ち上げられた霧夢《きりゆめ》が半べそで叫ぶ。ちょっとかわいそうだけど、これも霧夢《きりゆめ》の将来のためなのだ。

「くるみさん、朝からお邪魔してしまってごめんなさい」

「まったくだわ……。平穏にお兄ちゃんと水入らずで過ごす予定だったのに」

「あっ、ちなみに貫井《ぬくい》くん。私は婚約の話、いつでも歓迎ですので……」

『柚葉《ゆずは》っ！』

くるみと霧夢《きりゆめ》の抗議がシンクロした。相ヶ江《あいがえ》さんの、この手の発言は冗談の度合いが量りがたいので僕も反応に困る。

「それじゃあね、貫井《ぬくい》くん。妹さんも。ほんとはた迷惑な子だけど、これからも仲良くしてくれると嬉《うれ》しいわ」

「はい、それはもちろんです」

即答すると、小百合《さゆり》さんは嬉《うれ》しそうに笑ってくれた。

「ちなみに。……私としても、別に小梅《こうめ》とでも良《い》いわよ。婚約する相手は」

「なっ⁉」

これにて一件落着、と思いきや。小百合《さゆり》さんまでもが去《さ》り際《ぎわ》に爆弾を残していった。

その後、朝から予定が狂ったせいかくるみの機嫌があまりよくなかったので、兄妹《きょうだい》サービス（？）でいっしょに外出することになった。フルーツパフェをごちそうしたらだいぶ穏やかさを取り戻してくれてほっと一息。


♪


「はーい、カット！　脚は細いが演技は大根だなー桜花《さくら》！」

「うるさい！　そういうこと言うならいつだって降板してやるわよ！」

放課後の教室に、にべもないダメ出しと桜花《さくら》の怒声が重なった。

月が変わって十月。高校生活で二回目となる、文化祭の日が刻々と近付いている。今年は特に頼まれごともなく、のんびりと物見遊山《ものみゆさん》のつもりだった僕だけど、状況が急変したのはほんの一週間前だ。

『去年の演目が好評でさ。また桜花《さくら》出ないのかって問い合わせが多くて。だからお願い！　ほんのちょっとだけで良《い》いからゲスト出演してくれない？』

　と、今年から別クラスになった水野《みずの》さんと石動《いするぎ》さんにお願いされてしまった。桜花《さくら》は最初嫌がっていたけど、結局二人の熱意に負けて出演をしぶしぶ了承。ついでにその流れで、僕もまた音響関係のお手伝いをさせてもらうことになったのだった。

「ふむ、そうか残念だ」

「桜花《さくら》なしで乗り切るならシナリオ書き換えないとなー。時間ないから今晩貫井《ぬくい》っちと三人でお泊まり会するか。水野《みずの》んちで」

「なんでよ響《きょう》関係ないでしょ!?」

　眉間にしわを寄せて悩む（おそらく演技）水野《みずの》さんと石動《いするぎ》さんに、桜花《さくら》がまた声を荒げる。

確かに僕がその場にいる理由は何もないような……。

「いやー切羽詰まってるからな。今から書き換えとなると一人でも多くのクリエーターに参加してもらわなきゃ」

「桜花《さくら》が演技に集中してくれれば最も話が早いんだが」

「………わかったわよ、もう！　すいませんでした！　もっと勉強します！」

　盛大に溜息《ためいき》を吐《つ》いたあと、桜花《さくら》は観念した様子で仮設の舞台に戻っていく。僕としてはどう反応すべきか迷うところだったけど、とりあえずやる気を取り戻してくれたみたいでよかった。

「うーん。チョロい」

「貫井《ぬくい》っち。あの彼女、チョロすぎて逆につまんないのでは？」

「だから彼女じゃないって……」

「お前はこの期《ご》に及んでまだそんなことを言っているのか。もぐぞ」

「固結びにするぞ」

何を。

……いや、あえて追及はしないけど。

「いやー真面目な話。良《い》いのかあのチョーゼツ美人を放置しておいて」

「誰かに掠《かす》め取《と》られても知らないから」

「んー……」

確かに、一理ある心配なのだろう。けど、不思議とそういう感情を抱いたことはないんだよな。それって、自惚《うぬぼ》れみたいなものなのか……いや僕ごときがそんな、なんて恐れ多い。単純に、生まれつきいろいろ鈍いんだろう。

「せんぱーい。そろそろ再開いいですか？」

「あーごめんごめん！　そんじゃシーン16からやりなおしね！」

今年の新入部員たちに促され、稽古に戻る僕と水野《みずの》さんと石動《いするぎ》さん。せっかくたくさん部員も入って、雰囲気も非常に良《い》い中で挑む大舞台だ。及ばずながら僕は僕にできることを精一杯頑張ろう。

♪


「わーさすが鳥海《とりうみ》先輩！　すっごくきれい！」

「そ、そんなお世辞とかいーって……でも、ありがと」

順調に準備期間は過ぎ、いよいよ迎えた学園祭当日。この日のためだけに仕立てられたドレスを纏《まと》った桜花《さくら》の周りに、下級生たちが輪をなして賞賛の声を届けている。

僕もまた、その美しさに息を呑《の》んだ。去年の衣装も素敵だったけど、今年の洋とオリエントの折衷、といった感じの艶《あで》やかさもまた、ひときわ目を惹《ひ》く。

客席は超満員。桜花《さくら》の出演を聞きつけて会場に足を運んでくれた人もかなり多いという。たくさんの人に楽しんでもらえるように、僕も頑張ろう。今回はミュージカル要素を含まないから僕の仕事は既にほぼほぼ終わってるけど、裏方として舞台をしっかり支えなくては。

「よーし、そんじゃそろそろスタンバイなー！」

石動《いするぎ》さんの声に、部員たちはみんなしゃんと背筋を伸ばして『はい！』と呼吸の合った返事をする。

「桜花《さくら》、がんばって。それから、せっかくの機会なんだし、舞台を楽しんできて」

「もー。人ごとだと思って気楽なことを。……でも、そうだね。こうなったら、オドオドするより開き直って楽しむしかないよね。……響《きょう》も、見ててね。あたしのこと」

「もちろん。ずっと目を離さずに見てる」

配置に向かう最中《さなか》、ほんの一瞬だけ桜花《さくら》に近付いて言葉を交わした。ドレスとメイクの力もあってか、どこかいつもより遠い存在に思えていたけど、すぐ傍《そば》から覗《のぞ》き込《こ》むと、その輝きに満ちた瞳は間違いなく僕のよく知る桜花《さくら》のものだった。

「さて、と。ノートラブルで進みますように」

舞台袖のＰＡ卓前に立って、音響係としてスタンバイする僕。バランスはもう取ってあるから、あとは何度かボタンを押すだけの簡単なお仕事なんだけど、いざ本番となるとやっぱりそれなりに緊張する。

水野《みずの》さんから着信。開演の合図だ。ＢＧＭの再生ボタンを押し、ここからは演者さんたちのターン。

「………よし、すごく良《い》い感じ」

劇は順調極まりなく進行していった。今のところ舞台上にいるのは全員一年生なのに、誰もが堂に入った演技で何度も感心させられる。この中に演技の経験がほとんどない桜花《さくら》が入っていくのは、かなりハードルが高い。リハを始めた当初は、どうしても悪い意味で目立ってしまうことが多かった。

でも、それは既に過去の話だ。

——会場から大きな歓声。

神託を告げる聖女として登場した桜花《さくら》が、高らかに民を鼓舞する。その威風堂々たる振る舞いに、ステージを観《み》る誰もが釘付《くぎづ》けとなった。言わずもがな、僕も。

やっぱりすごいな、桜花《さくら》は。きっと、どんな世界でも輝ける才を持って生まれたのだろう。

そんな光をすぐ近くから見つめられる僥倖《ぎょうこう》を、僕は改めて愛《いと》おしく思うのだった。


♪


「いやー今年も助かったよ、ありがとう桜花《さくら》、貫井《ぬくい》っち！　おかげで大成功の大盛況！」

「是非ともヘルプと言わず正規部員になってほしいものだ」

ステージも大団円を迎え、既に日も暮れて後夜祭の時間。キャンプファイヤーの炎を囲みながら、水野《みずの》さんと石動《いするぎ》さん、そして桜花《さくら》と成功を喜び合う。

「そう言ってもらえるのは嬉《うれ》しいけど、ごめん。どうしても他にやりたいことがあって」

「あたしも、申し訳ない。やっぱバイトとの両立をずっと続けるのはムリ。……でも、今年も楽しかったよ。誘ってくれてありがと」

制服に着替え直した桜花《さくら》が、軽く首をかしげて微笑《ほほえ》む。……うん、衣装姿も間違いなく素敵だったけど、僕としてはやっぱりこの見慣れた服装の方が落ち着くというか、自然に向き合えるな。

「ま、そー言うと思ってたけど。……ときに、貫井《ぬくい》っち」

「え？」

不意に、石動《いするぎ》さんが僕の肩を抱き、何歩か後ろに下がるよう促した。そこへ水野《みずの》さんもおもむろにやってくる。

「やっぱ、今のうちにゲットしといた方がいいぞ桜花《さくら》は。見たろーあの人気っぷり。高嶺《たかね》の花が、本当に手が届かないところに行っちゃうぞ？」

「お世話になったお礼。今日、告白する段取りを整えてあげてもいい」

「…………」

石動《いするぎ》さんと水野《みずの》さんが、小声でそんなことを囁《ささや》く。すぐ傍《そば》には、怪訝《けげん》そうな桜花《さくら》本人。目が合った瞬間、かっと頬が熱くなった。

この上ない、機会なのだろう。それは、頭ではわかってる。

「…………二人とも、ありがとう。でもこの後、約束があるから」

「は？」

「約束？」

眉間にしわを寄せる二人。すると間を計ったかのように、

「さくちゃん、響《きょう》さんっ！」

六人の子どもたちが、きらきらと目を輝かせながらこっちにやってきた。

「やっぱりお兄ちゃんの学校の文化祭面白いわね。今年もたくさん遊んじゃった」

「貴龍《きりゅう》様なんて、食べ過ぎで保健室に運ばれてしまいましたからねー」

「こら柚葉《ゆずは》！　それはバラさなくて良《い》いのっ！」

「桜花《さくら》、今年もお疲れ。すっごく素敵だったわよ！」

「はむ。さくねーマルチタレント」

学園祭を見に来てくれたみんなが、思い思いに感想を笑顔で伝えてくれる。

「あー。やっぱ、劇観《み》てた……？　もー、ハズいなー。ほら、あたしのことはもういいから、花火の場所取りにいこ？」

子どもたちにとっても今日の主役であろう桜花《さくら》を囲むみんなの様子をしばし眺めてから、僕は改めて水野《みずの》さんと石動《いするぎ》さんの方を向く。

「いつも気を遣ってくれて、ありがとう。でも僕は、この『輪』が好きだから。こうやって、みんなと過ごせる時間を、今は大切にしたいんだ」

「……変わりもんだな貫井《ぬくい》っち。本当に高校二年生の男子かね？」

「ストロゲー、か」

「ん？　なにそれ水野《みずの》？」

「愛にもいろいろある、ということ。例えば、エロスは肉欲的な愛。対してストロゲーは……

いわば、家族の絆《きずな》の愛」

「……あ」

「恋人になる前に、家族になってしまったら。今更になって初々しい関係には戻れないのかもな……ふふっ」

冗談めかして僕に水野《みずの》さんが語った言葉は、おそらく本人が思っている以上に、僕の心に深く染《し》み入《い》った。

♪

日常に身を任せているうちにすっかり秋も深くなって、気が付けばもう十一月。みんなと出会って二回目の秋も、終盤へと突入しつつあった。

そして、今月に入ってからにわかに、日々の緊張感が舞い戻ってくる。キッズロックフェスの応募が先月で締め切られ、去年の流れだとそろそろ選考結果が送られてくる頃。果たして運命の日はいつ訪れるのかと、僕も子どもたちも手の届かない位置のかゆみに耐えるような時間を過ごし続けた。

「長かったね、さすがに……」

それも今日で、ようやく終わる。

届いたばかりの封筒を囲み、僕の部屋で円座を組んだ六人の子どもたちは、熱視線を一箇所に集中させたままぴくりとも動こうとしない。

「出したの、夏だものね。早すぎて忘れられたりしてたらどうしようって、ちょっとだけ心配だったわ」

冗談を冗談に聞こえないトーンで呟《つぶや》き、息を漏らす希美《のぞみ》。

「はむ。去年と封筒変わった？」

「か、変わったような気もするし……そうでもない気もするし……」

「少し、厚くなってる気がしません？　それってつまり、去年とは入ってるものが違うということでは……？」

そらと潤《じゅん》と相ヶ江《あいがえ》さんは、開封の儀を行う前に結果を予測すべく、封筒を前後左右から盛んに観察し続けている。

「やめましょ。こうなったらもう、不確定な要素で一喜一憂することないわ」

「小姑《こじゅうと》にしては良《い》いこと言うじゃない。……開けるわよ。答えなら、ちゃんと中にはっきり書いてあるわ」

色めきたつみんなのメンタルを、くるみと霧夢《きりゆめ》が先導した。やるだけのことはやったのだという確かな自信が、二人の面持ちをきりりと引き締めている。

「……うん、僕もそう思う。この六人で、今込められるものは全部込めた。後悔することなんて、何もない。だから、みんなで胸を張って結果を確認しよう」

六人の顔を見回しながら頷《うなず》くと、みんな同じ動作で返事してくれる。

「響《きょう》さん、お願いします。封筒を開けて下さい！」

「いっせーので、ここに。私たちの真ん中に、結果を置いて」

「はむ。去年と同じやり方」

覚悟は決まったようだ。潤《じゅん》も希美《のぞみ》もそらも迷いを断ち切って僕にそう告げた。くるみも、相《あい》ケ江《がえ》さんも、霧夢《きりゆめ》も異存はない様子。

さあ、僕たちの未来や、いかに――。

「開けた。いつでも良《い》いよ」

ペーパーナイフを置き、中の書類に指を添える。子どもたちが息を呑《の》み、声を重ねた。

『いっせーのー、でっ！』

合図にシンクロして紙を抜き取り、ノールックで開き、ぱん、と床の上に広げる。


――一次審査通過のお知らせ。

最初に太字で目に飛び込んできたのは、そんな文字列だった。

「わにゃ。これって、つまり……」

「潤《じゅん》。つまりも何もないわ。……書いてある通りよ」

「はむ。わたしたち、合格？」

抑揚のないトーンで会話を重ねる、潤《じゅん》と希美《のぞみ》とそら。まだ、現実を現実として、はっきりと受け止め切れていない様子だ。

「……ふん。そりゃ、そうよ。私の実力をもってすればこんなの当然…………うわあああああやったああああああああ！」

それが、霧夢《きりゆめ》の歓喜の叫びを合図とするように、一転して六人入り乱れての大騒ぎへと変化していく。

「やりました！　やりましたね貴龍《きりゅう》様！　みなさんっ！　ううう、いっぱい頑張って練習して、みんなで頭を抱えて曲作りして……それが、ついに報われたんですねっ！」

「わあああ緊張した！　今まで生きてきた中で、もしかしたら一番緊張したかもー！」

相ヶ江《あいがえ》さんとくるみが抱き合い、肩を震わせながら互いの身体《からだ》を支えている。リヤン・ド・フアミユの三人も手に手を取り合って、うっすらと涙を浮かべていた。

「よかった……。本当によかったね、みんな……」

僕も感極まり、目元が潤むのをとても我慢できなかった。

「響《きょう》さん。これもぜんぶ、響《きょう》さんのおかげですっ！　響《きょう》さんが今までずっと、私たちのことを見守ってくれたから……」

「そう言ってくれるのは嬉《うれ》しいけど、すごいのは潤《じゅん》たちだよ。本当にどこまでも天井知らずで成長していくみんなが、僕にもどれだけ力をくれたことか」

潤《じゅん》とまっすぐに見つめ合ってるうち、今までの思い出が走馬灯《そうまとう》のように巡ってきた。いろんな季節を乗り越え、ついに僕たちは、去年たどり着くことができなかった舞台へと至る切符を手にすることができたのだ。

「ううん。謙遜はいらないわ。響《きょう》のおかげで、想像もしていなかったところへ、希美《のぞみ》たちはたどり着くことができた。本当にありがとう」

「はむ。これからも、よろしくお願いします」

希美《のぞみ》とそらとも、涙を浮かべつつの笑顔で何度も頷《うなず》き合《あ》う。……うん。そらの言うとおり、この結果は心から喜ばしいけど、これがゴールじゃない。来たるべき運命の日に向けて、さらなる高みをみんなと足並みを揃《そろ》え、目指さないと。

願わくば、その頂点めがけて。

「これで、挑むことになっちゃったわね。小学校時代、最後の大勝負に」

くるみが呟《つぶや》くと、みんな一斉に気を引き締め顔を上げる。

「最初で最後、ですもんね。悔いのない舞台にしたいです」

目に力を込め、拳を握る相ヶ江《あいがえ》さん。

「世界が私に『気付く日』になるわ。今からゾクゾクしちゃうじゃない」

不敵に八重歯をむき出しにする霧夢《きりゆめ》。

「一度きりのステージ。どんな景色が見えるか。絶対に目を離さないで見つめてこないと」

内に秘めた心の強さで、まっすぐ直立する潤《じゅん》。

「こんな熱血ドラマとは無縁の人生だと思ってたけど。……うん、こういう気持ちもわるくないじゃない」

好奇心を溢《あふ》れさせ、腰に両手を据える希美《のぞみ》。

「はむ。出るからには、勝ちにいきます」

拳を掲げ、静かな闘志を燃やすそら。

六人それぞれが、自らの限界に挑む戦いに向け、心に炎を灯《とも》している。

もちろん僕も、はやる気持ちで駆け出したいくらいだった。

よし、やるぞ。臨むからには、ベストな結果を目指そう。

みんなが、小学生で最高のバンドになれるようにサポートする。それが今年最大にして、有終となる目標だ。

PASSAGE 4

貫《ぬく》井《い》くるみ

【誕生日】11/19　【血液型】A

【学校】城見台《しろみだい》小学校　5年2組

【フェスに向けての意気込み】
ここまで来たら、自分たちの音だけのことを考えないとね。

Here comes the three angels
3天使の3P!
スリーピース

教会の地下室に、爆音が幾重にも連なって僕の全身を揺らす。

結果通知が来てから、練習の時の六人は輪をかけて集中力が増してきた。鬼気迫る雰囲気に、今まで何度もこの場に立ち会ってきた僕も思わずハッと心を鷲掴《わしづか》みにされるような場面がたびたび訪れる。

「……うん！　新曲はもう、何の不安もないね！」

演奏が終わったところで手を叩《たた》き、思ったままの感動を告げる。この仕上がりならば、明日いきなり本番を迎えることになっても問題ないくらいだ。

「うーん……」

そんな僕の興奮とは裏腹に、みんなの反応は鈍い。唇を噛《か》んでうなり声を上げた希美《のぞみ》を筆頭に、みんな気に入らないとまではいかなくとも、あんまり納得がいってなさそうな様子だった。

「どこか、気になる場所があった？」

「そういうわけじゃないんだけど、なんていうか。回数を重ねてもあんまりレベル上がってる感じがしないのよね、ここのところ」

ぐっと伸びをしながら、深く息を吐いて嘆くくるみ。

「それはしょうがないよ、ここまで上手《うま》くなっちゃったらその先なんて、本当にプロレベルの話になっちゃうし……」

「はむ。でもわたしたち、まだプロレベルじゃない」

「それは……」

なだめるつもりだったけど、そらの呟《つぶや》きを聞いて僕は一瞬言葉を失う。

……もしかすると、僕の方が間違えていたかもしれない。今はもはや『そういうレベル』を目指すつもりで演奏力を詰めていかなければいけない局面に達している。

「もちろん、プロの方みたいにいきなり今年弾けるようになるわけがありません。それはわかっているんです。でも本番まで、まだ上手《うま》くなれるところが残っているなら、それを見つけて壁を越えていきたいなって思うんです」

潤《じゅん》が真剣なまなざしで、力強い決意を聞かせてくれた。

「その、通りだね。ごめん。僕の感覚が甘かったよ。……うん、それならもう一度始めから通して、さらにほんの少しでもよくできそうなところを見つけてみよう！」

「はいっ！　まだまだ頑張りますよ～！」

「私も『神の耳』であんたたちの弱いところを見極めてあげるわ。全力でかかってきなさい！」

そうして僕たちは、この後何度も同じ楽曲にトライ。みんなで意見を出し合いながら、草の根をかき分けるようにしてさらなるクオリティアップの種を探し続けた。笑顔はない。しかし、モチベーションは過去最高潮。今までのどの時間とも違う濃密な音楽が、途絶えることなくずっと鳴り続けた。

♪


「わにゃ、さすがに疲れちゃったね」

「でも、とっても勉強になった」

「ほんの少しだけど、また課題が見えてきたわ。明日も頑張らないと」

楽器を片付けながら、潤《じゅん》とそらと希美《のぞみ》が頷《うなず》き合《あ》う。

全神経を集中させた練習時間を終え、さすがにみんなくたくたの様子。でも瞳の輝きはまったく衰えを知らない。この様子だと、オーバーワークを心配する必要はしばらくなさそうだな。

「そういえばお兄ちゃん、本番に演奏できる曲って三曲だけなんでしょ。セットリストどうしようか？」

「あ、そうだね。そろそろ固めちゃった方が絶対いいよね」

くるみに言われてハッとした。新曲は確定として、残る演目はリヤン・ド・ファミユとDragon≠Nutsの持ち曲から持ってくる必要がある。今まで五曲くらい既に六人バージョンで練習してきたから候補は当然その中からになるけど、さてどれを選ぶべきか。

「やっぱり、Dragon≠Nutsとリヤン・ド・ファミユから一曲ずつ、ですかねっ？」

「何言ってんの、どっちもナッツ曲……と言いたいのも山々だけど。まあガキんちょたちが騒いで今更もめるのもメンドクサイし、私も良《い》いわよ、それで」

掌《てのひら》を合わせてニコニコする相ヶ江《あいがえ》さんと、ツンとすまし顔ながら声色には思いの外棘《とげ》がない霧夢《きりゆめ》。

「ガキんちょはどっちよ。希美《のぞみ》はもちろんそれで賛成」

「はむ。どの曲にする？」

「迷っちゃうねー。やっぱり、盛り上がりそうなのがいいかな？」

「三曲全部？　一曲くらいは聴かせる系のを入れるのもアリかと思うんだけど、どうなのかしら。『スタートライン！』とかやってみても良《い》いんじゃない？」

それぞれ意見を出し合いつつ、片付けを終えて練習室から出る僕たち。迷いどころだけど、今の雰囲気ならセットリストは僕が意見せずとも六人で一番良《い》い形に決めてくれそうだ。問題が起きない限りは見守っていることにしよう。

「よう、お疲れ！」

「今日も頑張ってたねー。パンあるよ、食べる？」

「正義《まさよし》さん。桜花《さくら》も」

礼拝堂に出ると、二人がいらっしゃった。練習が終わるのを待っていてくれたみたいだ。

「はむ。メロンパン、いただきます」

風のような速度で桜花《さくら》から袋を受け取るそら。他の子たちも目を輝かせておやつを囲んだ。

目一杯頑張った分お腹《なか》も空《す》いただろうな。

……かく言う自分もごちそうになりたいところなんだけど、みんなほど労働してないので選ぶのは最後にしよう。

「晴れの舞台が迫ってきてやる気満々って感じだな。俺も当日が待ち遠しいぜ」

「あ、正義《まさよし》さん。車、大丈夫そうでしたか？」

「おう、バッチリ全員乗れるの借りられるぞ」

「良かったです！　僕まで乗せてもらうことになって本当にすみません。いつもありがとうございます！」

「わはは、今更水くさいこと言うな。響《きょう》を置いてくなんてそっちの方がありえねーだろ」

ぐっと親指を突き出す正義《まさよし》さん。フェスにはみんなを車に乗せて送迎してくれるとのことで、本当に何度お礼を言っても言い切れない。

「大旅行ですね、貴龍《きりゅう》様！　双龍島《そうりゅうじま》からは私の両親に、小百合《さゆり》さんと健太《けんた》さんも来てくれますし、ユナさんもタランチュラホークのみなさんも予定を空けて下さるそうですし！」

「みんな英断ね。今度のステージを見のがしたらきっと人生の喪失だもの。ちょっとやそっとムリしてでも絶対に来るべきだわ。伝説の幕開けとなるステージに、ね！」

霧夢《きりゆめ》の大言壮語も、テンションが高まっている今なら勇気を奮い立たせてくれる頼もしい言葉となる。他のみんなも口々に、たくさんの大切な人たちにステージを観《み》てもらえそうな喜びを語り出した。

「…………」

そんな中、笑顔ながら少し口数が少なくなってしまったのは……くるみ。

理由は、もちろん僕なら訊《き》くまでもなくわかる。

♪

「やっぱり、無理だよね……」

二人で家路を辿《たど》る途中、誰にともなくくるみが呟《つぶや》いた。

——ウチの両親が、ステージを観《み》に来れるかどうか。僕たちはまだ尋ねてなかった。

多忙なので、断られても仕方ない。それはわかっているから、ダメだった時のことを怖《おそ》れているわけではない。

怖いのはむしろ、断ったことで両親が罪の意識を感じてしまうのでは？　そんな心配。

でも。

「くるみ。メッセージ出してみるね。父さんと母さんに」

「お兄ちゃん。……でも」

「出そう。何も言わずに本番を迎えたら、きっと怒られちゃうよ」

あるいは、それこそ何より両親に罪悪感を覚えさせてしまうかも。

「……そう、だね。うん、わかった。訊《き》いてみよう」

兄妹《きょうだい》で覚悟を固め、代表して僕が短いメッセージを送信した。

くるみが大きなステージでライブをやるから、もし予定が空けられそうなら観《み》に来てくれないか、と。

さて、あとは返事を待つのみ。といってもいつ確認してもらえるかはまったく読めないけど。

――♪

「え、もう……？」

と、思いきや、いきなりスマホが震えた。心の準備もできていないまま画面を立ち上げると、くるみもおっかなびっくり覗《のぞ》き込《こ》んでくる。

『ぜったい行く！　なにがなんでも行くから！　お父さんも連れてくから！』

シンプルで力強いその言葉を目にして、僕とくるみは顔を上げ、どこか照れたような微笑《ほほえ》みを交換し合った。

「お母さん、ありがとう……」

いよいよ、舞台は整いつつあった。

キッズロックフェス、ライブ本番までもう少しだ。

♪


「よーし、荷物はこれで全部だな？」

早朝のリトルウイング。門前にはバスのように大きなワゴンが停車している。

「島に行った時と荷物の量はあんまり変わらないわね」

「うん。もしかしたら、かえって余裕があるくらいかも」

「はむ。車が大きいから荷物積むのもらくちんだった」

満足げに腰に手を当て、機材の山を見上げる希美《のぞみ》と潤《じゅん》とそら。

キッズロックフェス本番は、いよいよ明日。通しリハーサルのため、子どもたち六人と正義《まさよし》さん、それに僕は今日から前入りで遠征を開始する。

「みんな、頑張ってきてね。本当は今日からいっしょに応援に行きたいくらいだけど、あたしがいても邪魔になるだけだから」

今日のところは留守番をしてくれる桜花《さくら》が、朝日を背に手を振る。もちろんライブ本番は桜花《さくら》も他の応援団のみんなと合流してくれる予定だ。

「心配は無用よ。リハなんてもう慣れたものだし。あんたはパンでも焼いてなさい。そんで明日持ってきて。あんパンがいいわ」

「貴龍《きりゅう》様、ずうずうしいですよ。それでは、ひとまず先に行ってきますっ」

霧夢《きりゆめ》と相ヶ江《あいがえ》さんが軽快に掛け合いを重ねつつ、桜花《さくら》にいっときのお別れを告げる。潤《じゅん》と希《のぞ》美《み》とそらも手を振って、普段と変わらない様子で挨拶した。

うん、みんな今のところ特に気負った感じもなくて良《い》い雰囲気だな。

「お兄ちゃん、準備オーケーみたいよ」

「了解。それじゃ桜花《さくら》、また明日」

「うん、みんなのことよろしくね」

僕も短い一言だけを桜花《さくら》と交わし、車の中へ。さあ、いよいよ出発だ。

「ねえねえ、行き先どこだっけ？」

「それくらい知っておきなさいよ。東京よ東京」

車が動き出すや、前方の座席から後ろを振り返って尋ねる霧夢《きりゆめ》に、希美《のぞみ》が苦笑で答える。

「ちょっとバカにしないで。東京なのは知ってるわよ。東京のどこだったか訊《き》いてるんでしょ？」

「あのね、豊洲《とよす》っていうところだよ」

「なにかと有名な地名ですねっ」

「はむ。なにかと」

もう一度尋ねた霧夢《きりゆめ》に、今度は潤《じゅん》が答えて相ヶ江《あいがえ》さんとそらも合いの手を入れる。確かにここ最近よく耳にするようになったその地に、野外の音楽施設があるとのことだ。

「お台場《だいば》の近くなのよね。まだ行ったことないからどんなところか楽しみ」

「そうだね。東京の街はいくつか行ったけど、他とはまた雰囲気が違うのかな」

くるみに同意して頷《うなず》く僕。観光に行くわけじゃないのはわかってるけど、まだ見ぬ地になんとなく心躍ってしまう。

「お前らあんまりはしゃいで体力切れになるなよー、わはは」

正義《まさよし》さんが冗談めかすくらい、車内には和気《わき》藹々《あいあい》としたムードが漂っていた。


「見えてきた、わね」

そんな雰囲気も、会場が近付くにつれてぴりりと引き締まってくる。一時間と少しの旅を終え、僕たちは決戦の地に到着しつつあった。窓の外に釘付《くぎづ》けのくるみが呟《つぶや》くと、みんなも一斉に同じ方を向いて言葉を止める。

あそこが、憧れの舞台か。まだ全貌は窺《うかが》えないけど、なんとなく威圧感のようなものを感じずにはいられなかった。

「搬入口は……お、あっちみたいだな」

周囲を走っていると、立て看板が目に入った。それに従って正義《まさよし》さんはハンドルを切り、いよいよ敷地《しきち》の中へ。ステージの裏手側に向けて徐行で進んでいくと、仮設のゲートからスタッフさんとおぼしき人がこちらに近付いてきた。

「フェス出場者さんでしょうか？」

窓を開けた正義《まさよし》さんに笑顔が向けられる。書類は僕が預かっていたので鞄《かばん》から出し、それを渡すとスタッフさんが行き先を案内してくれた。

「いよいよだねっ……ドキドキしてきた……！」

「落ち着いて、潤《じゅん》。まだリハも始まってないんだからリラックスしてなさい」

「はむ。そういうぞみたんも、両手がかちこち」

外の様子を眺めながら身を寄せ合う潤《じゅん》と希美《のぞみ》とそら。Dragon≠Nutsメンバーも緊張を覚えてきたのか、やや言葉数が少なくなっている。

確かに、この状況はグッとくるものがある。同じ柄のTシャツを着たスタッフさんたちが何人も行き交い、せわしなく作業をこなしている様子は、僕たちに否応《いやおう》なく『はじまり』を意識させた。

「こちらにどうぞ！」

新たなスタッフさんが手振りで誘導して下さり、ワゴンは停車位置へ。どうやらトランシーバーで連携しているらしく、案内役の引き継ぎはものすごくスムーズだった。

「よし、降りようか」

僕が腰を上げると、すかさず六人も席を離れ、我先にと外へ飛び出していった。

「ここからだと観客席は見えないけど、けっこう広そうね……」

「……そーこなくちゃ。私の神絵を解き放つ場所に相応《ふさわ》しいわ」

「あっ、向こうにも若い方が。……出場者さん、ですよね」

辺りを観察し息を呑《の》むくるみと、八重歯を見せ笑う霧夢《きりゆめ》。相ヶ江《あいがえ》さんは他のバンドの様子に興味津々《きょうみしんしん》そうだ。

「おはようございます！　まずは本選出場、おめでとうございます！　ここからが本番なので、僕たちといっしょに思い出に残るステージを作っていきましょうね！」

『おはようございます！』

スタッフさんの元気いっぱいな挨拶に、僕たちも声を揃《そろ》えて応える。良《い》い意味で張り詰めた空気感に触れ、自然と背筋が伸びた。

「それではまず、大きな機材はこちらで責任を持って管理しますので、預けるものと預けないものを決めて下さい。ギターなど楽器は預けず、手元に置いておいて下さい」

案内に従って六人で相談。基本的にスピーカー関係は全部預かってもらうことにした。

「了解しました。それではアンプなどはこちらでお引き受けします。みなさんのリハ時間は二時間後を予定しておりますので、時間になったらまたここにお越し下さい。すみませんがそれまでは自由行動ということでよろしくお願いします。客席も開放していますので、もし興味があればそちらで他のバンドのリハをチェックして頂いても構いません」

丁寧な説明に、みんなでお礼を込めて頷《うなず》く。できれば、客席の方もチェックしておきたいな。場慣れの意味もあるし、なにより他のバンドの演奏が正直気になる。

「それではひとまずの説明は以上になります。リハの段取りなどはまた集合後に改めて。何か質問はありますか？」

みんなと目を合わせるが、今のところは大丈夫そうだ。そう告げると、早速複数人のスタッフさんが集まってきて、荷下ろしを受け持って下さる。

「すごい。慣れたもんねえ」

「はむ。楽器はこびのプロさんたち」

感嘆する希美《のぞみ》とそら。プロというのは言い得て妙かもしれない。きっとみなさん、毎日のように鍛練を積んでいるから、こんなに無駄のない動きができるのだろうな。

「あの、お手伝いを……」

「いやいや、大丈夫。僕らだけでやった方が早いから！」

おずおずと潤《じゅん》が申し出たけど、屈託なく正論で断られてしまった。確かにこの感じだと、余計な手出しをしない方がかえってスムーズに搬出が終わりそうだ。

「お兄ちゃん、時間までどうする？　私は一度、ステージを見てみたいんだけど」

「うん、僕もそう思ってた。きっとみんないっしょだよね。それなら——」

「あっ！　いたいた！　よかった、見つかって！」

この場が落ち着き次第移動しよう、と言いかけたところに、元気の良《い》い声が響いた。振り向けば、そこにいたのはよく見知った少女。

「サリーさんっ！　お互い本選出場おめでとうですねっ」

相ケ江《あいがえ》さんが目を輝かせて近付いた相手は、ラインホルトのボーカル&ギター、浅上《あさがみ》サリーさん。彼女たちも今年のフェスに応募し、見事本選出場権を手にしていたのだった。

優勝を目指すなら、間違いなく最大級の強敵となる相手だろう。

「うん、みんなもね！　……という挨拶はまた後にしよ。今、手は空いてる？　空いてるならちょっと来て。……なんか、マズいことになりそうな雰囲気なの」

「マズいこと？」

浅上《あさがみ》さんに、霧夢《きりゆめ》が怪訝《けげん》そうに尋ね返す。いったい、何の話だろう。想像もつかないけど、その切羽詰まった雰囲気から、なんとなく背筋にぞわりとした違和感を覚える僕だった。

♪

正義《まさよし》さんがありがたくも荷物番を引き受けて下さったので、人波をかき分け早足で進む浅上《あさがみ》さんを見失わないようにしながら、僕たちは一団で後を追う。

「サリー、どうしたのかしら？」

「とにかく、付いていくしかなさそうね……」

怪訝《けげん》そうに顔を見合わせる希美《のぞみ》とくるみ。みんな多かれ少なかれ、不安を隠せない様子だった。本当にどうしたんだろうな。ラインホルトにトラブル、とかだったらすごく心配だけど、僕たちをこうしてステージに連れて行こうとする理由にはならなそうだからそれはないか。

ダメだ、いくら考えても何も浮かばない。くるみの言うとおり、実際に目で見て確認するのが手っ取り早いようだ。

「こっちこっち！」

勝手知ったる俊敏な動きで、浅上《あさがみ》さんはステージの端から観客席の方へと抜けていく。さすが出演経験者。

と、そんな呑気《のんき》な考えを浮かべてられるのもここまでだった。

「わにゃ……！」

「はむ。すごく広い」

ステージ脇を通り抜けて表側に回った瞬間、僕たちは誰からともなくその場で足を止めてしまった。

これは、すごいな……。映像で見たのとは迫力が段違いだ。高い塀や敷居《しきい》で囲まれていないからだろうけど、まるで荒野の果てまで続いているのではと勘違いしそうになるほどの広大な観客席。全力で走ったらもうそれだけで息切れしてしまいそうな幅のステージ。今まで経験してきた舞台とは、明らかに全てが規格外だった。

「ここで、やるのね……」

霧夢《きりゆめ》がごくりと生唾を呑《の》んだ。双龍島《そうりゆうじま》で野外ステージ自体は経験済みとはいえ、やはりあの時とは見える景色が違う。いつも勝ち気な霧夢《きりゆめ》とはいえ、余裕綽々《よゆうしやくしやく》というわけにはいかなそうだ。

「ええと、浅上《あさがみ》さんは……？」

「いたわ、あっち。……え？」

辺りを見回したのち、相ヶ江《あいがえ》さんとくるみが不思議そうにステージ最前辺りに目を留めた。僕も同じ方を見た瞬間、意外な状況に驚き思わず声が出た。

「わにゃ。す、すごい数のカメラマン。ビデオカメラもいっぱい……！」

ずらりと並ぶ、腕章を着けた男性たちに潤《じゆん》がおののく。間違っても熱の入った保護者ではないだろう。十中八九、オフィシャルな取材報道陣だ。

「ねえ、サリー！　なにこれ。このフェスって、こんなに注目度高かったの？」

浅上《あさがみ》さんに追いつき、血相を変えて希美《のぞみ》が尋ねると、浅上《あさがみ》さんはどこか自嘲も混ざったような笑みを覗《のぞ》かせてからゆっくりかぶりを振った。

「そんなわけないでしょ。確かにウチらにとっては最大の目標でも、世間一般からしたら誰も知らないようなイベントだよ。……イベント自体は、ね」

やはり、そうか。フェスのコンセプトから考えて、これほど多くの取材が入るというのはかなりの違和感があった。

ならばこの人たちの目的は、催しそのものではないということか。

「何か、特別なバンドが出演するのかな？」

「特別も特別って感じっすね。バンド名は『ノア』。東京のライブハウス関係者には、もうだいたい知れ渡ってるんじゃないかと思います。それくらい快進撃を続けてる」

僕が尋ねると、浅上《あさがみ》さんは抑揚のない声で淡々と説明してくれる。不勉強ながら僕は聞いたことがない名前だったけど、実家がライブハウスである浅上《あさがみ》さんがそう言うのなら偽りなき事実なのだろう。

いったいどんなバンドなのか。身構えるのと同時に、純粋な興味も湧いてきた。

「あ、出てくるみたい……！」

くるみが指差すのと、カメラのレンズが一斉に持ち上がるのとがおおよそ同時だった。どうやらこれから『ノア』さんのリハが始まるようで、それ故に取材陣は最前列で待機していたということみたいだ。

当然に僕たちも注目する中、上手の方から女の子四人が颯爽《さっそう》と歩いてきた。面持ちはあどけなく、このフェスの出場条件を満たしているであろうことは疑う余地がない。

「ちょっと、反則でしょ……」

「はむ。モデルさんみたい」

だが、頭からつま先までのシルエットに関しては、あまりにも少女離れしていた。すらりと伸びた四肢に、小さな顔。霧夢《きりゆめ》の嘆きも、そらの評も、短い言葉ながら非常に的を射ていた。

加えて、その出で立《い》《た》ちにも強烈なインパクトがある。黒革のブーツに、黒の網タイツ。黒のホットパンツに、トップも露出の多いレザー。さらにあちこちに飾られたゴシックなシルバーアクセが鈍く光を反射する。そして最も驚くべきポイントは、統一されたそれらの衣装全てにまったく『コスプレ感』がないことだ。

服飾には詳しくないけどそれでもわかる。全部本物だ。本物の牛革と、本物の銀細工。下世話にもほどがあるけど、絶対に安いはずがない。そんな衣装を四人がそろい踏みで身に纏《まと》っている。いったいこんなのどうやったら実現できるのだろうと、僕は言葉を失ったまま混乱していた。

「サリーさんっ。この方たち、ただならぬオーラが漂っていますが……何者なのでしょう？」

「ウチらと同じ小学六年生だよ。……素人《しろうと》じゃないってところを除けばね」

「素人《しろうと》じゃない、とは？」

立て続けに質問する相ヶ江《あいがえ》さんに、浅上《あさがみ》さんは口元だけに笑顔を浮かべ即答する。

「後ろに大手の芸能プロダクションがついてる。今はまだ東京ローカルだけの人気、って段階だけど、近いうちにばんばんテレビで全国に売り出してくんじゃないかって噂《うわさ》」

『……！』

全員が息を呑《の》む音が、僕の耳にはっきりと聞こえた。

「やっぱり反則じゃないの、そんなの！」

「反則では、ないね。このフェスの出場資格に、プロダクションがついてるかどうかなんて書かれてないから」

いきり立つ霧夢《きりゆめ》を冷静に諭す浅上《あさがみ》さん。とはいえその表情は、全て納得して受け入れてるとはとうてい言いがたい焦燥が入り混ざっていたけど。

「わにゃ……。どうしてそんな方たちが、このフェスに……？」

「……これは推測だけど、ここで『仕上げる』つもりなんじゃないかな。ライブハウスの地道な活動で注目を集め、フェスのコンテストで見事優勝。そんな話題性を足がかりにして、一気に知名度を浸透させる。そんなシナリオかもね」

すごく腑《ふ》に落ちる話だった。なるほど、機会利用としてのみ考えるなら、非常に理にかなった戦略に思える。

「……なにそれ。音楽ビジネスってやつ？　なんで、希美《のぞみ》たちがその音楽ビジネスとかち合ってケンカしないといけないの？」

けれども心情としては、希美《のぞみ》と同じ不満を僕も感じずにはいられなかった。どうして、よりにもよって。ここまで真剣に、ただこの一瞬のためだけにみんながぶつけてきた情熱は、少なくとも大人の世界のビジネスなんかとは無縁であったはずだ。いきなり土足で家の中に入り込まれたかのような困惑を感じたことは、否定できない。

『バンド、ノアです！　リハーサルよろしくお願いします！』

数秒後、そんな負の感情すらも吹き飛ばされることになる。

「…………っ⁉」

センターに立ったギター&ボーカルの子が元気よく合図し、始まった演奏。

圧倒的だった。ぐうの音が出ないとは、まさにこういうことなのかと思い知らされる。

曲が素晴らしい。パフォーマンスも素晴らしい。でも一番手が届かない位置にあるものは練習量だとすぐに思い至る。

いったいどれほどの長い時間をこの四人のグルーヴだけに捧《ささ》げれば、血の滲《にじ》むような努力をすれば、こんなにも音像をひとつの塊として結晶化させることができるのだろう。さっきまで覚えていた不満は、瞬《また》く間《ま》に消え去った。それどころか、既に敬意さえも抱きつつある。

そうか、これが音楽をビジネスの場として見定め、漕《こ》ぎ出《だ》そうとする人たちの『覚悟』の音なのか。

ダメだ。僕にはもう、妬めない。妬めば妬むほど、きっと惨《みじ》めな気持ちになってしまうから。

この子たちの周りでどんな思惑が渦巻いていようと、それは関係ない。バンド『ノア』が奏《かな》でる音楽は、間違いなく本物だった。

「なんで、こうなるの……」

くるみが絞り出すような声で呟《つぶや》いて、唇を噛《か》む。その存在を否定することすら難しいからこそ、目の前に突如としてわき出た現実は、とてつもなく残酷だった。

♪

「それではまず、リハの手順を説明しますね。お渡ししたプリントも参考に、しっかり聞いて下さい」

しばし呆然《ぼうぜん》としたまま過ごした僕たちだったけど、指定された時間が迫ってきたので再びステージ裏に戻り、係員さんの案内に従う。ついに初めて、みんながあの巨大なステージに足を踏み入れる瞬間が迫っていた。

精神面の状況があまり良《い》いとは言えないのが、不安の種ではあるけど、しばらくの間は見守ることしかできない。みんながこの局面を乗り切ってくれるよう、無言のまま祈る。

けれどもその願いは、天には届いてくれなかったようだ。

「…………っ」

袖からみんなの様子を窺《うかが》っているうち、自分の呼吸がだんだん浅くなっていくのがわかる。大きなトラブルは幸いにして起こっていないけど、細かいところでらしくないミスが目立っていた。セッティングでの段取りを間違えたり、コーラスの入れ忘れや歌詞忘れ。普段のライブなら絶対に起こらないレベルの失敗が、積もり続ける。

もちろんまだリハだから、何か失点に繋《つな》がるということはないはず。ただ、もしこれが本番だったと仮定すると……。

もちろんみんなに自覚がないはずはなくて、六人とも表情が重い。

これは、なんとかしなければマズいな。

「お疲れ様。やっぱりこうもステージ広いと勝手が違うね」

戻ってきた六人に僕は努めて明るく声をかけた。みんな、いろいろ気にしてそうなのは顔を見れば明らか。今は反省会にするより、共感してあげた方が良《い》いだろう。実際、何もなくたってこのステージには威圧感を感じて当たり前なのだ。

「わにゃ、響《きょう》さん。ごめんなさい……」

「希美《のぞみ》も、いろいろ失敗しちゃって……」

「はむ。ふがいない」

潤《じゅん》も希美《のぞみ》もそらも、そしてくるみも相ヶ江《あいがえ》さんも霧夢《きりゆめ》もうつむき加減だったけど、僕はあえて笑顔をふりまき続けることにした。マイナス思考が連鎖すると、意気消沈のスパイラルから抜け出せなくなってしまうかもしれない。本番はもう明日。これからひとつひとつの選択が、直接本番の出来映えに相関する可能性はかなり高いだろう。

「そんなことないよ。初めての場所だと思えば上々だった。それに、ここで間違えておいてかえって良かったかもしれないよ。本番で注意がしっかり向くようになるだろうし」

「……そうですね、ありがとうございます貫井《ぬくい》くん」

「もちろん、本番で同じミスはしないわ。しっかり修正して臨まないとね」

「ちょっとペンタブの感じがおかしいのよね。大丈夫、直しとけばきっと普段通り描けるはず」

相ヶ江《あいがえ》さんもくるみも霧夢《きりゆめ》も、笑顔を見せて頷《うなず》いた。潤《じゅん》たち三人もいくらか面持ちを明るく作り直してくれる。強がりでもあるだろう。でもそれでいいのだ。笑おう、という気持ちがないと笑うことなんてできないのだから、多少無理矢理でも笑顔になることは意味があるはず。

「——そうですね、アンプのセッティングは問題ありませんでした。明日も同じ感じでぜひ」

スタッフさんと打ち合わせをしながら、僕たちは集合場所のステージ裏まで戻っていく。みんなにもどんどんポジティブに意見を出してもらって、伝えるべきトピックを能動的に増やす方向へ導いた。やはり今、頼りたいのは過去何度もこの地でライブを支えて下さってる人たちの経験だ。

その作戦自体はわりと上手《うま》くいった感触があって、正義《まさよし》さんの待つワゴン近くまで戻る間にけっこうな回数意見交換することができた……の、だけど。

「……あ」

道すがら、黒山の人だかりと出会う。

たくさんのカメラとICレコーダーが向けられた輪の中にいたのは、背筋をピンと伸ばした四人の少女。『ノア』のメンバーたちだった。

「そうですね。こんな大きなステージは初めてなのでとても緊張しています。でも、そういう緊張感があった方がかえって集中力を高められるかなといつも思っているので、緊張をポジティブに捉えていきたいです」

「私はドラムなので、リズムが乱れるとみんなを巻き込んで曲を台無しにしてしまいます。とても責任を感じます。だからこそ、このドラムという楽器に私は魅力を感じてるんです」

「ベースはリズム楽器でもあり、メロディ楽器でもあり。その両面性が好きですね。リズムとメロディを繋《つな》ぐ架け橋みたいな、そういう存在でしょうか。私自身も、このバンドの音を繋《つな》ぐ、架け橋になれたらなと思います」

「リードギターというととにかく弾きまくらないと、という気持ちになりがちなんですが、このバンドでは私が必ず前に前にって思わなくて良《い》いかなと思うんです。みんなすごく魅力的ですから。たまに楽器から手を離しちゃって、わーっとお客さんを煽《あお》るのも私の仕事にしたいですね。あっ、モチロン演奏はしっかりやりますけどね！」

みんな、すごくはきはきと答えているなぁ。やっぱりこういう取材とかの場数もかなり踏んでいるのだろう。

「フン、なんかロックじゃないわね……」

霧夢《きりゆめ》が拗《す》ねるように漏らした。

……演奏技術、ルックス、取材対応。どれを見ても非の打ち所がないバンドだ。けど、うん。確かにロック感は、あんまりないかもしれないな。曲調はかなりハードなんだけど。なんて密《ひそ》かに同意してしまったのは、まだ僕の中にやっかみのようなものが残っているせいだろうか。

他の五人も、『ノア』さんの姿を見て少し表情を曇らせた。あらゆる意味で手の届かない存在という認識が、みんなを萎縮させてしまっているのかもしれない。

「…………ん？」

不安がぶり返してきたその時、見知らぬ人と目が合った。『ノア』さんを囲む輪から一歩離れて腕組みで様子を窺《うかが》っていた男性。歳《とし》は二十代半ばくらいだろうか。スーツ姿で、手にはシステム手帳。取材陣にしては持ち物が少ないし、何をしているのだろう。

ふっ、と。その人が僕に向けて笑いかけたような気がした。親しみを込めた感じでもなければ、逆に侮蔑するような感じでもない、不思議な笑い方。……強いて言えば、『居心地の悪さ』

だろうか。なぜかそんな言葉が僕の頭の中に浮かんだ。

♪


なんとかリハーサルをこなし、この日の予定は全て終了。正義《まさよし》さんの運転で、主催者さんが用意してくれたホテルに向かう。

「わーすごい、思っていたより豪華！」

「良《い》い意味で裏切られたわね、これは」

くるみと希美《のぞみ》が感嘆の声をあげる。夕食はビュッフェ形式のレストラン。メニューも豊富で、見ているだけで疲れが吹き飛んでいく気すらした。とは言いつつ、朝からせわしなく動いてとても空腹だ。せっかくなので、しっかりと満喫させて頂こう。

「おっ、飲み放題プランつけられるのか！」

「モチロンつけるしかないでんなあ正義《まさよし》はん！」

めざとくポスターを見つけ、盛り上がる保護者二人。正義《まさよし》さんとエリオットくんはついさっき自己紹介を終えたばかりだけど、いつの間にかすっかり打ち解けて旧来の親友みたいになっていた。どこかお互い共感できるものがあったのかもしれない。

「潤《じゅん》たん、ごはん食べられそう？」

「うん、いろんなものがあるから、少しずつなら大丈夫だと思う。心配してくれてありがとうねくーちゃん」

顔を見つめて慮《おもんぱか》るそらに、潤《じゅん》は微笑《ほほえ》んで答える。みんなまだ元気いっぱいという感じではないけど、少しずつ調子を取り戻してくれつつあるような気がする。なんとかこのまま順調に、明日にはベストな精神状態に戻ってくれると嬉《うれ》しいんだけど。

「あの子たちはこのホテルにいないっぽいね」

長テーブルをラインホルトのみんなといっしょに囲み、食事を始めてすぐ、辺りを見回して浅上《あさがみ》さんがぽつりと言った。誰のことかは、尋ね返すまでもなく明らかだろう。

「もう食事を終えたのでは？」

相ヶ江《あいがえ》さんが指であご先に触れる。

「どうかな。機材車も見当たらなかったし。ほとんど芸能人みたいなものだからウチらパンピーといっしょに寝泊まりなんてできないんでしょ」

「いなくて良かったわ。もし見かけたらなんか文句言っちゃってたかもしれないし」

お皿から目を離さず、ミートボールにフォークを突き立てながらそんなことを言う霧夢《きりゆめ》。

「あはは、敵意ムンムンだね」

「そーゆーサリーはどうなの？　気に入らなくないの？」

「文句はないよ。でも、不信感はあるかな」

「不信感？」

しばし霧夢《きりゆめ》と浅上《あさがみ》さんの問答が続く。

「ちゃんと、公平に審査してもらえるのかなーって、どうしても思っちゃう」

俄然《がぜん》、テーブル全体の空気感が変わったような気がした。

「なにそれ。……まさか、審査員の買収とか、そういう話⁉」

霧夢《きりゆめ》がますます怒りを露《あら》わにする。もしそんな可能性があるのだとしたら、さすがにモチベーションを保つのは難しくなるかもしれない。

「違う違う。さすがにそれはないでしょ。ただ、当日の空気感はかなりのアウェーを覚悟しておいた方が良《い》いなっていうだけの話。『ノア』の知名度はバンド好きの間じゃもうけっこうなものになってるから、かなりのファンが押し寄せると思う。初めから味方してくれるオーディエンスがたくさんいたら、間違いなく有利だよ。ライブが盛り上がるの、確定しているようなものだし」

……それは、確かに。ただでさえ強大な相手なのに、ますます条件の悪い戦いを強いられてしまう、というわけか。

「…………」

再び、子どもたちの面持ちにうっすらと影が差してきてしまった。

「あ〜も〜ついてへんなぁ！」

「ったく、なんだってウチのチビどもがこんな妙なタイミングで出場しなきゃいかんのだ！」

食事会が進むにつれ、正義《まさよし》さんとエリオットくんにだいぶ酔いが回ってきた。二人がずっと喋《しゃべ》りまくっているので、他のみんなはだんだんと口数が少なくなってしまう。

「あー。こうなると長いんだよねぇウチのパパ。みんな、明日も早いし部屋に戻ろっか」

あきれ果てて提案する浅上《あさがみ》さん。

「おーそうしろそうしろ！　俺とエリオットはこれからバーにでも行って少し飲み直しだ！」

「ええやんな〜！　やけ酒や〜！」

二人も異存ないみたいだし、その方が良さそうかな。

「それじゃ、みんな。なるべくゆっくり休んでね。おやすみなさい」

「おやすみなさいです、響《きょう》さんっ」

挨拶をして、エレベーターの前で別れる僕たち。……もう少し、何か言葉をかけた方が良《い》いのかなと迷ったけど、身体《からだ》を休めてもらうのも大事なことだから今日はここまでにすることにした。

「ちょっとコンビニに行っておこうかな」

夜に備えて飲み物が欲しかったし、なんとなく外の風に当たりたい気分だ。僕はホテルの外に向かう。

歩道に出て、なんとなく気分で右に曲がった。都心だから歩いていればそのうちコンビニにぶつかるだろう。

「あったあった」

はたして、ものの五分ほどでお店が見つかった。店内に入り、紙パックのドリンクを手にする。他には特に欲しいものもないし、これだけでいいか。

「ありがとうございました～」

会計を済ませ、自動ドアの方に歩いていく。

「…………あ」

「…………あ」

すると、たった今お店に入ろうとしていたお客さんと、ガラス越しに目が合った。ドアが開いてからもお互い動かず、しばしそのまま立ち尽くす。

この人、『ノア』の取材現場で目が合ったあの男の人だ。

「……っ。す、すみません！」

ハッとして、僕は道をあける。いけない、面識があるわけでもないのにジロジロ見つめてしまった。お辞儀してもう一度無礼を詫《わ》びながら、そそくさとお店の外へ出る。

「待って。あの、君……。君も、マネージャー？」

「えっ？」

唐突に、予期していなかった言葉でその人に呼び止められた。君も……。ということは、この人の仕事って。

「違うか。若すぎるしな。昼間に君のこと見た時、なんとなく雰囲気が同業っぽい気がしたんだ、ごめん」

「あなたは、『ノア』さんのマネージャーさんですか？」

「うん。初めまして。黒森将太《くろもりしょうた》です」

そう言って、男の人——黒森《くろもり》さんは僕に近付き、ひょいと名刺を差し出してくれた。受け取って、書かれている文字を読んでみる。記されていた会社名は、誰もがよく知る音楽事務所だった。

「あの、すみません。僕は名刺とかなくて。ただの、普通の高校生です。貫井響《ぬくいきょう》といいます」

「そっか、そうだよな。出演バンドメンバーのお兄さんとか？」

「はい。メンバーの中に妹が。あと、普段からバンド活動の手伝いをさせてもらっていて。練習を見させてもらったり、今日みたいに帯同させてもらったり」

「実質マネージャーじゃん。どうりで親近感があると思った」

細身の身体《からだ》を揺らして軽快に笑う黒森《くろもり》さん。近くでお顔を拝見すると、激務の影響なのだろうか。目の下に隈《くま》がくっきりと浮いている。

「……貫井《ぬくい》くん、だっけ。あのさ、少しだけお話できないかな。これも何かの縁だ」

「えっ？」

意外なお誘いに、少しだけ戸惑う。

「……僕は、構いませんけれど」

でも結局興味の方が勝って、了承を伝えることにした。

「ありがとう。すぐ傍《そば》に公園あったからさ、そこに行こう」

言われるがまま、僕は黒森《くろもり》さんに付いていく。防犯的な意味だとかなり無防備でよろしくないのかもしれない。けど、なんとなくそういう身の危険は考えなくて良《い》い場面のような気がしていた。

「ここはまだブランコあるんだな～。最近、どんどん公園から遊具なくなって寂しいよね。子どもの怪我《けが》が怖いのはわかるんだけど」

特に返事を求めるでもなく呟《つぶや》きながら、ブランコに座る黒森《くろもり》さん。僕はどうすべきか迷ったけど、それが一番自然な位置関係になりそうだったので隣のブランコに腰掛けることにした。ちょっと恥ずかしい。

「………ごめんな～」

「え？」

唐突に謝られて、僕は横を覗《のぞ》き込《こ》む。黒森《くろもり》さんは地面を蹴り、やんわりとブランコを揺らしながら空を見上げた。

「なんだよこいつらって思ったでしょ、『ノア』のこと。いやーもうあちこちからの視線が痛いのなんのって。また胃に穴が開くかと思ったよ」

自嘲気味に笑う黒森《くろもり》さんに、僕はなんと返事すべきなのかわからなかった。

完全に否定できるほど、まだ自分の中で全てが割り切れていないせいだろう。

「俺もそう思うよ。伝統あるアマチュアの舞台に組織の力、金の力で乗り込んで圧倒しようなんてさ、美しくないよね。ひってえ汚れ仕事だ」

「いや、そこまでは思ってないですけど……」

「思ってくれていいんだ。事実だし。こんなプラン考えたプロデューサーのこと、一発殴ってやろうかって真面目に考えた」

黒森《くろもり》さんの顔から笑みが消え、瞳がギラリと輝いた。

「でも、ごめん。……どう思われようと、やめない。それが俺の仕事だからな。『ノア』がスターダムにのし上がれるように、できるサポートは全部する。それがマネージャーとして、俺があの子たちのためにしてやれるたった一つのことだ」

一つ、確信した。この人は、黒森《くろもり》さんは、『ノア』のことが大好きなのだと。もちろん恋愛的な意味じゃなくて、あのバンドの素質に心から惚《ほ》れ込《こ》み、全身全霊の情熱をぶつけているのだと。

「悪いけど、明日は勝つよ。完膚なきまでに圧勝して、あのステージを踏み台に『ノア』は羽ばたく。これだけ空気の読めないことをしたんだ。せめて、誰の目から見ても最高のステージを披露することで、他のバンドへの供養《くよう》にしないとな」

勝って当たり前どころか、絶対に負けが許されない戦いなのだろう。黒森《くろもり》さんや、『ノア』のメンバーたちが感じているプレッシャーは、尋常なものではないはず。

内面で極限の戦いを強いられているのは、むしろ『ノア』の人たちの方なのかもしれない。

「演奏、見ました。めちゃくちゃ上手《うま》かったし、凜《りん》としていたし、インタビューなんかも堂々とこなしていて。あれで小学生なんて信じられません。すごく心の強い子たちなんですね」

「そう見えたんなら、あいつらの演技もだいぶ板に付いてきたってことだろうな」

「演技、ですか……？」

ふっと、再び黒森《くろもり》さんが笑った。完璧超人の集団みたいに見えた四人だけど、実際は違うのだろうか。

「俺しかいないところだともう大変なんだよ。みんなすぐ泣くし、何度もう辞めたいって聞いたやら覚えてない。その度にどうやって前を向かせるか必死こいて考えて、体当たりでぶつかって……。若造がナマ言うなって怒られるんだろうけど、あーこれが『子育て』かって、ふっと思った」

ため息交じりに苦笑する黒森《くろもり》さん。正直驚いた。あれほど毅然《きぜん》として見えた子たちでも、やはり心の中に弱気が芽生えてしまうことはあるのか。ならばこそ、リハの時に見た次元の違うパフォーマンスが、よりいっそう尊いものとして思い起こされる。

みんな、戦っているんだ。置かれた状況は違えども、明日行われるのは紛れもなく平等な勝負。『ノア』のファンが大勢詰めかけるかもしれない。しかしそれはアドバンテージでありつつ、のし掛かる重圧の大きさでもある。僕たちよりも沢山のものを背負いながら大志を抱きステージに上がる四人に、僕はようやく純粋な敬意を抱くことができた。

だからこそ、やっぱり潤《じゅん》たち六人には、ベストな状態でステージに臨んで欲しい。結果がどうだろうと、全力を出し切って戦った。後から振り返ってそう思えるような、あの子たちにとって生涯忘れられない大切なライブになるよう、できる限りのサポートをしたい。

まだ僕に、できることは残されていないだろうか。

「実は、ウチのバンドのみんなが少しナイーブになっていて。……黒森《くろもり》さんは、そういう時どうするんですか？　どうすれば、子どもたちの迷いや弱気を解決してあげることができるのでしょう？」

先人の知恵が欲しかった。だから厚かましいのも承知で真剣に尋ねると、黒森《くろもり》さんはゆっくり瞬《まばた》きしながら二回首を横に振った。

「解決は、してあげられない。結局、俺がステージに上がるわけじゃないから、最後の最後で歯を食いしばってくれるかどうかは、あいつら次第だ。お仕着せで元気出させようとしたって上手《うま》くいかない。ようやく最近、そのことに気付いた」

「……じゃあ」

もはや、僕には打つ手なし、なのか。

「でも、ひとつだけ必ずしてやれることがある。それは、ただひたすら話を聞いてやることだ。あいつらがどう思っているか。何が不安で何が心配で、何から逃げ出したいのか。ただひたすら黙って全部聞いてやりな。話せば、心の中のもやもやが言葉になる。言葉になれば、わけのわからない負の感情に名前を付けてやれる。名前が付けば、正体がわかる。正体がわかれば、戦い方もわかる。与えようとしなくていい。ただ、自分じゃ見えない内面を映し出す鏡になってやればいい。向き合ってあげな。それが俺たちにできる、たった一つのことだ」

「…………」

僕は立ち上がった。まだこれから、やるべきことがある。

「黒森《くろもり》さん。お話ができて本当によかったです」

「はは、こちらこそ。偶然とはいえ少しでも罪ほろぼしができたんなら、ほっとするよ。やれることが見つかったんなら、してやるといい。君も後悔のないように、大切な仲間を助けてやりな。明日のライブ、楽しみにしてる。勝たせてはやらないけど」

「ありがとうございました。それでは」

お辞儀して歩き出そうとすると、黒森《くろもり》さんがふと思いついた感じで僕の背中にもう一度呼びかけた。

「貫井《ぬくい》くん、音楽好きか？」

「……はい、大好きです」

「そうか。……羨ましいな」

苦笑いで、ブランコをまた大きくこぎ出す黒森《くろもり》さん。

「黒森《くろもり》さんは、好きじゃないんですか？」

「昔は大好きだった。でも今好きなのは音楽じゃない」

「では、今は……？」

「今好きなのは、売れる音楽だ。もし、この人生をやり直せるなら、もうこの仕事は選ばないかもしれないな。ただの音楽好きじゃ居られなくなるのが、身に染《し》みちゃったから」

「後悔しているんですか？」

「もう後戻りする気はないし、したくもない。このまま行けるところまで突っ走るだけだよ。……すまんな、ヘンなこと訊《き》いちゃって。ただ、貫井《ぬくい》くんになんとなく親近感を感じたから、知らせておきたくなった」

黒森《くろもり》さんが立ち上がり、僕の前まで歩いてくる。

「音楽への純愛を保ちたいなら、こっちの世界に来ない方が良《い》い。仕事にすると、音楽の意味が変わる」

そして、真顔でそう告げた。

「…………」

返事が見つからない。否定も肯定もできなかった。たぶん、黒森《くろもり》さんは僕に何らかのシンパシーを感じたからこそ、将来への迷いを見抜いてしまったのかもしれない。

「まー、でも。向いてそうだけどな、貫井《ぬくい》くんは」

「どっちなんですか」

「向いてるからこそ、注意しろって話。君は期待に応えられるだろうし、応えてしまうだろう。だからなおさら、仕事にしないっていう選択肢も捨てないでおけ。ちゃんと悩んだ末にどっちを選ぶか決めるのは、当たり前だけど君の自由だ」

もしかすると、僕にとってこの黒森《くろもり》さんとの会話は、人生の大きなターニングポイントになるのかもしれない。年が明ければ三年生。選択の時は、もうすぐそばまで迫っている。

でも自分自身の葛藤は、ひとまず心の奥に押し込めておく。

今はただ、少し先の未来ではなく明日のことだけを考えていよう。

♪

一度自分の部屋に戻ってから、僕は再び屋外へ。ホテルの玄関で、ぼんやりと風に当たって深呼吸を続ける。

「お待たせ、お兄ちゃん」

聞き慣れた、耳心地良い声に振り向けば、くるみが柔らかく微笑《ほほえ》んでロングコートの裾を揺らしていた。

「ごめんね、急に呼び出して」

「ううん、まだ眠れそうにないし。みんなに個室があるのはありがたいけど、逆にちょっと寂しいわね、一人きりだと」

微苦笑を浮かべ、隣に並んでくれるくるみ。家族とはいえ、それなりに夜も更《ふ》けたこの時間外に連れ出すのはあまり良《い》いことではないだろう。それでも、今はあえて二人きりで話をしておきたかった。明日に悔いを残さぬために。

「少し歩こうか」

「いいよ。お兄ちゃんに任せる」

頷《うなず》き合《あ》って足を踏み出す。季節は十二月。クリスマスを控え、歩道沿いはあちこちがイルミネーションで彩《いろど》られていた。

「……どう？　本番のライブ、気持ちよく臨めそう？」

「わからない。あんまり余計なことは考えないようにって思ってるんだけど、やっぱりなんだか色んなことがわーって浮かんできちゃって。ダメだね私」

「そんなことないよ。予想外すぎたよね、あんなバンドがいるのは」

ふーっと長い息を吐くと、目の前が一瞬白で染まった。

「いちばんにならなきゃって、そんなに思ってなかったんだけど。でも、いちばんにはなれないのかもって思った瞬間、なにそれって納得できなくなっちゃった。せめて、夢くらいは見ていたかった、かな」

その気持ちはわかる。例えば、もう一等が出てしまった後の福引きなんて、気持ちが盛り上がらない。それは実際当たる確率がどれほどだろうとあまり関係のないことだ。

でも、そんな状況とは少し違うはずだ。今はまだ、描ける夢の形がいくらでもあるはず。

「くるみ。いちばんに、なってよ」

「……なりたいけど、でも」

「審査の結果なんて、どうでも良《い》いよ。僕の中のいちばんは、僕が決めるから。だから、僕や父さん母さん、明日観《み》に来てくれるみんなのために、くるみたちがいちばんを目指して欲しい」

「…………」

くるみがぴたりと足を止めた。唇を甘噛《あまが》みして、それからふっと顔をほころばせる。

「わかった。厳正に審査してね」

「もちろん。贔屓《ひいき》なしで、僕にとって心からいちばん良《い》いって思える瞬間が訪れるのを、信じて待ってる」

僕たちの音楽は、ひたすら上へ上へ登っていくための道具じゃない。勝ち負けでは決まらない。僕にとっての価値は、票の数なんかじゃ揺るがないのだ。

「お兄ちゃん、ありがとう。お兄ちゃんが家族でよかった。……だいすきだよ」

「僕も、くるみが大好きだ」

ギュッと僕の身体《からだ》に抱きついたくるみの細い肩を、静かに支える。いつもと違うシャンプーの香りが、日常からの距離を感じさせる。

明日のライブが終われば、またすぐに日常が戻ってくる。その事実を、僕は今、たまらなく愛《いと》しく思った。

♪

「おかえりなさい、貫井《ぬくい》くん。くるみさん」

ホテルの玄関前に戻ってくると、相ヶ江《あいがえ》さんがひとりで待っていてくれていた。

「それじゃ、交代ね。柚葉《ゆずは》、いってらっしゃい」

「ありがとうございます。貫井《ぬくい》くんのこと、お借りしますね」

みんなとどうお話をするか考えて、あえてひとりずつ、順番にみんなの時間を貸してもらうことにした。その方が、自分の思うままに言葉を紡《つむ》ぐ時間を作ってあげられるような気がしたから。

「……間違っても、お兄ちゃんと妙なことしないでよね。信じてるからね」

「しませんよぉ。ライブ本番に、今夜のことで頭がいっぱい上の空、なんてことになったら大変ですもん」

「…………信じてるからね」

ジトッとした目で同じことを二度言って、くるみはホテルの中に戻っていった。

「それじゃ、行こうか」

「私の部屋にですね」

「お散歩に、です」

いつも通りの冗談が出てくるあたり、相ヶ江《あいがえ》さんのことはそんなに心配しなくて良《い》いのだろうか。

「東京は寒いですねー」

「やっぱり、島とは違う？」

「はい、かなり。空っ風が身に染《し》みます」

自分の身体《からだ》を抱きしめるようにして、肩をすぼめる相ヶ江《あいがえ》さん。思い返せば、この一年あまりの間、誰よりも数奇な運命を辿《たど》っているのは、もしかしたら彼女なのかもしれない。

「まさか、こっちに来ることになるなんて思ってなかったよね」

「そうですねえ。しかも、こうして皆さんとバンドで大きなライブに出ることになるなんて、まさかのまさかです」

「霧夢《きりゆめ》の発想はまったく予想がつかないからね……。そんないろいろを、楽しんでくれているようなら僕としてもすごく嬉《うれ》しいんだけど」

「楽しいですよ！　もちろんです！」

グッと両手を握って、ますます笑顔を溢《あふ》れさせてくれる相ヶ江《あいがえ》さん。

でも、なんとなくその表情の奥に普段とは違う影のようなものが見えた気がして、僕は少しの間言葉を止めて無言で歩き続けた。

「…………でも、明日はちょっと、怖くなっちゃいました」

赤信号で止まった時に、ふっと相ヶ江《あいがえ》さんがそう漏らした。

「怖く？」

「はい。『ノア』さんの演奏が、圧倒的すぎて、私はまったく足元にも及ばないなって。……私が足元にも及ばないせいで、やっぱりバンド全体に迷惑をかけちゃってるなって。そう思ったら、どんどん明日の本番に悪いイメージが膨らんできて。怖いんです。もう正直、このまま貫井《ぬくい》くんのことかっ攫《さら》って逃げちゃいたいくらいです」

最後に冗談めかしてくれたのは、きっと相ヶ江《あいがえ》さんの意地だろう。ならば僕は、どう答えるべきなのか。

「逃げちゃおっか。相ヶ江《あいがえ》さんがそうしたいなら良《い》いよ」

「ホントですか、やりました！」

僕はあえて否定せず、相ヶ江《あいがえ》さんもそれに乗っかって手を叩《たた》いた。

「…………」

「…………」

そして、お互いの会話が少しの間止まった。

「ごめんなさい、貫井《ぬくい》くん。嘘《うそ》を吐《つ》きました。逃げたくないです。怖くて怖くて仕方ないけど、大切なみんなを裏切って、逃げるのはもっとイヤです」

「うん、わかってる」

相ヶ江《あいがえ》さんが、ぎゅっと僕の左手に摑《つか》まった。そのまま逆らわず、僕は空いている方の手でそっと頭を撫《な》でる。

「なんでも面白がって安請け合いしちゃうの、悪い癖なんですよねぇ……。なんでこうなんでしょうねぇ、私って……」

僕の胸にギュッと額を押し付ける相ヶ江《あいがえ》さん。

「悪い癖なんかじゃない。相ヶ江《あいがえ》さんのいつも楽しそうな笑顔は、見てる人を幸せにするもん。バンドのみんなだって、相ヶ江《あいがえ》さんの明るさにいつも支えられてきた。相ヶ江《あいがえ》さん抜きだったら、あの五人があんな風にまとまるはずなんてなかった。相ヶ江《あいがえ》さんが絶対に必要だよ、あのバンドには」

「貫井《ぬくい》、くん……。私は、役に立てているのですか？」

「あらゆることを、いっぱい楽しんで欲しい。いつも通り楽しそうな相ヶ江《あいがえ》さんの姿が、みんなの張り詰めすぎた部分を癒《いや》してくれる。相ヶ江《あいがえ》さんにしかできない、大役だ」

「…………わかりました。ありがとう、貫井《ぬくい》くん。もう、疑いません。みんなのことが好きな気持ちと同じくらい、自分のことも、少しは認めてあげようと思いますっ！」

相ヶ江《あいがえ》さんの面持ちが、ようやく普段通りの純朴な輝きに満ちた笑みに戻ってくれたような気がした。


♪


「貴龍《きりゅう》様、お待たせしました♪」

ホテルに戻ってくると、今度は霧夢《きりゆめ》が待機していた。上機嫌に声をかける相ヶ江《あいがえ》さんを見て、霧夢《きりゆめ》はほんの少し訝《いぶか》しげにする。

「柚葉《ゆずは》、なんか妙にツヤツヤしてない？　何してたの？」

「さすがにそれは、貴龍《きりゅう》様相手と言えども口に出すわけには……きゃっ」

「散歩してただけです」

すっかり平常運転な相ヶ江《あいがえ》さんに安堵《あんど》しつつ、あらぬ誤解でさらに事態がややこしくなったら大変なのではっきりと事実を伝えておく。

「ホントでしょうね……？　ま、いいわ。いくわよひびき！　ここからが本命のデートなんだから、しっかりとエスコートしなさい」

そう言って、返事を聞かずすたすたと歩き出した霧夢《きりゆめ》。僕は相ヶ江《あいがえ》さんにお別れを告げて、その小さな背中を追いかけた。

「へくち」

歩道に出てすぐ、可愛《かわい》らしいくしゃみが。無理もない。霧夢《きりゆめ》の服装は、見た感じ普段通りの巫女服《みこふく》だった。

「コートとか着ないの？」

「一応これ、冬用なの。あーでも、寒っ」

そりゃそうだ。足なんかほとんどむき出しだし。

「ほら、これ」

心配なので僕のコートを肩からかけてあげることに。ロングコート……いや、だぼだぼのバスローブみたいな状態になってるけどないよりはマシだろう。

「いいの？　えへへ、ありがとひびき。さすが、本妻に向ける愛情は底なしね」

「これくらい、みんなの役に立ってるなら当然だよ」

「ふん、ウワキモノ」

微妙な加減でスルーしつつ、霧夢《きりゆめ》の様子を探る。強烈な怒りに包まれている、みたいな雰囲気は感じられないけど、内心はどうなのだろうか。

「明日のライブ、上手《うま》くいきそうかな？」

「……上手《うま》くって、どういう意味で？　優勝は、無理なんじゃないの？　あんなのがいたら」

意外な返答だった。内容そのものじゃなくて、霧夢《きりゆめ》の感情にほとんど起伏がない。怒りに燃えているわけでもなく、全てを投げだした感じもない。霧夢《きりゆめ》らしからぬ落ち着きようで、その内心を量りかねた。

「もっと怒っているのかと思ったよ。普段の霧夢《きりゆめ》からすると」

「怒ってるわよ。なんでこんな理不尽なことになってるの、って。……でも、なんかヘンなのよね。私の中で怒りが煮え切らないっていうか。カーッと来そうで来ないの。それが、むしろ不安だわ。こんな気持ち、初めてで。自分で自分がわからない。だから明日、自分がどんなライブするのかもわからない」

霧夢《きりゆめ》の語りをゆっくり噛《か》みしめ、僕も一緒にその内にある想《おも》いを探ってみる。激情にかられないということは、モチベーションを失ってしまっている？　いや、そうとは思えない。ならば、今もなお、霧夢《きりゆめ》は気持ちの上で、本当は満たされている？

「霧夢《きりゆめ》は、優勝したい？」

「したい。当然」

「できなかったら意味ない、かな？　明日のライブ、優勝以外の結果はすべて受け入れられそうにない？」

「…………………わかんない。なんでだろ、わかんないの、なんでだろ」

自分が発した言葉に、霧夢《きりゆめ》は少し混乱している様子だった。

「バンド、勝つために始めたはずなのに。ひびきの気持ち、独り占めするために始めたんだから、勝たなきゃいけないのに。……そもそも、独り占めしたいなら六人で組んじゃダメだったはずなのに、組んじゃった。私、何やってるんだろう」

「勝つためには選ばない方が良《い》い道を選んだってことは。もしかしたらもう霧夢《きりゆめ》は、勝ちたいからバンドを続けてるんじゃないのかもね」

「じゃあ、なんで？　なんで私は、バンド続けてるの？　ひびきにはわかるの？」

「わかる気がする」

静かに告げると、霧夢《きりゆめ》は目を見開いてその先の言葉を待った。

「きっと、友達ができたからじゃないかな」

「……っ」

一瞬にして、霧夢《きりゆめ》の頬が真っ赤に染まったのが、暗がりの中でもわかった。

「バカじゃないの……！」

くるりと踵《きびす》を返し、ホテルの方へ戻っていく霧夢《きりゆめ》。

これ以上は、何も言わないでおこう。もう答え合わせは必要ないだろうから。


♪

「おやすみ！」

ホテルに着くなり、霧夢《きりゆめ》はぶっきらぼうに宣言して中に戻っていってしまった。

「はむ。響《きょう》にー、ケンカした？」

待機してくれていたそらが、少し心配そうに僕の顔を覗《のぞ》き込《こ》む。

「ううん、大丈夫だと思う。……たぶん」

「ならあんしん。わたしとも、お散歩しよう？」

「そうだね、行こうか」

霧夢《きりゆめ》に対しては、これ以上踏み込んでも逆効果だろう。あとは伝えた言葉が、霧夢《きりゆめ》の中でゆっくりと熟成してくれることを待つしかない。そう願って、今度はそらと二人で少しだけお出かけをする。

「ごめんね、呼び出して。眠かったんじゃない？」

「そうでもないよ。あんまり眠くなかった」

「珍しいね」

「ひとりの部屋は、ちょっと落ち着かない」

「………あ」

そうか、みんな、いつも三人一緒だもんな。狭いだろうけど、みんな同じ部屋で寝ても良《い》いんだよって伝えてあげた方が良《い》いかも。

「はむ。響《きょう》にーに会ったら安心して眠くなってきた……」

「あはは、それは良かった。けど、じゃあもう戻ろうか？」

「お散歩もしたいし、戻ったらまた眠くなくなるかも。悩ましい」

本気で苦悩している様子のそら。どうしてあげるのがいちばん良《い》いかな。

……ん、そうだ。

「そら、もしよかったら……」

僕はしゃがみ込み、そらに背中を向けた。

「響《きょう》にー？」

「おんぶ、しようか？」

「はむ。なんという魅力的な提案」

間髪入れず、ぴょんと背中に飛び乗ってくれたそら。嫌がられなくて密《ひそ》かにほっとした。

「響《きょう》にーの背中、あったかい」

身体《からだ》を重ねたまま、ゆっくりと歩き続ける。相変わらずすごく軽い。けど、やっぱり出会った頃よりはだいぶ大きくなってるなと、全身で実感した。

「そらはいつも平常心でいてくれるから、こういう時すごく支えになるよ。ありがとう」

「……わたしが、支え？」

ぽつりと質問したそらの口調が、少しいつもと違う気がした。よりいっそう、真剣に答えるべきタイミングかもしれない。

「もちろんだよ。三人の時も六人の時も、そら抜きなんて絶対にありえない」

「でもわたし、あんまりしゃべるの得意じゃないから、みんなのこと上手《うま》く励ませない。ドラムだから、ライブ中、頑張ろうって声をかけにいけない。もっといろいろ、みんなのためにしたいけど、あんまりできない。それがざんねん」

普段はあまり聞く機会のない、そらの心の奥の奥にある本音に違いなかった。ぎゅっと僕の背中に身体《からだ》を押しつける体温を感じながら、『そんなことない』と優しく伝える。

「そらの言葉は、いつでもみんなにしっかり届いてる。保証する。それに、ドラムだからこそ、動けないからこそ頼りになることだってあるよ」

「ほんとう？　どうして？」

「だってそらは、振り返れば必ずドラム《そこ》に居るから」

「……はむ」

ほら、やっぱり。そらの言葉は、小さな吐息一つだけでも僕らに気持ちを伝えてくれる。

「みんなのこと、見てあげてて。後ろからそらが見ててくれるから、みんな安心してステージに身を預けられるんだと思う」

「おまかせあれ。ありがとう響《きょう》にー」

こくりと頷《うなず》く気配からしばらくすると、首元に『すー。すー』という穏やかな吐息が聞こえてきた。

ホテルに戻ろう。なるべくゆっくり、揺らさないように。


♪


「くー」

「あらあら良《い》いご身分ですこと」

ロビーに着くと、すっかり熟睡してしまったそらを覗《のぞ》き込《こ》んで希美《のぞみ》が呆《あき》れ笑《わら》いを漏らした。

「まず部屋に運んであげよう」

「そうね。鍵は……あったあった」

そらの胸ポケットに手を突っ込んだ希美《のぞみ》が、めざとく部屋の鍵を見つけてくれる。僕が探るのはいろいろ問題があったからとても助かった。

「はむ。……ぞみたんすけべ」

寝言で犯人を当てるそら。すごい、よくわかったな。

「……あ、そうだ。そらのこと、希美《のぞみ》の部屋に寝かせてあげたらダメかな。一人だと寂しいって言ってたし」

「ん、そうね。もちろんオッケー。確かに希美《のぞみ》もちょっと落ち着かなかったし」

二つ返事で了解してもらえたので行き先変更。

「はーいそら、ちょっとだけ歩いてね」

「はむ。ごむたいな」

さすがに中に入るのは憚《はばか》られたので、僕は扉の前で待機。ほどなくそらを寝かしつけてくれた希美《のぞみ》が再び廊下に戻ってきた。

「それじゃ、行きましょ。……にしてもほんと、響《きょう》はマメで心配性ねー。六人全員と個人面談まですることないのに」

「迷惑かもだけど、どうしてももう少しだけお話を聞いておきたかったから。ごめん」

「迷惑なわけないでしょ。気持ちはすごく嬉《うれ》しい。ありがとう。でも希美《のぞみ》なら別に平気よ。確かに他の子たちはいろいろ不安になってる感じしたけど、希美《のぞみ》はこれくらいのことどーってことないもの。明日は普段通り、最高のライブをするだけ」

頼もしい言葉を聞きながら外に出る。もちろん、しっかり者の希美《のぞみ》のことはすごく信頼してるし、明日は必ずみんなを支えようと気を回してくれるだろう。

でも、だからこそ。逆に心配になってしまうこともあったりして。

「希美《のぞみ》、責任感が強いからさ。自分がなんとかしなきゃって思い過ぎちゃって、余計な荷物まで背負わせちゃわないか心配だったんだ」

「……余計な荷物って？」

「希美《のぞみ》にとっても、明日は本当に大きな舞台になるはずだから。希美《のぞみ》にも、なるべくたくさん自分のことだけに集中できる時間を持って欲しいんだ。そのために何か僕が代わりにできることがあるなら、どんな小さなことでもやらないとって」

かつて、イギリスに行くべきか否《いな》か迷った希美《のぞみ》は、潤《じゅん》やそら、リトルウイングのみんなのことを慮《おもんぱか》るあまり、自分の気持ちを押し込めようとしてしまった。そんな優しい子だからこそ、楽器を持つ必要のない僕の手で支えてあげられることがあるのなら、ぜひ支えてあげたい。

「ね、響《きょう》」

「ん？」

「……少しだけ、甘えてもいい？」

「僕で良ければ、もちろん」

そう返事をするや否《いな》や、希美《のぞみ》は僕の胸にギュッと顔を埋《うず》めた。

「あーもー不安！　緊張ヤバい！　間違ったらどうしよう！　希美《のぞみ》のミスのせいで、全然ダメな結果になったらどうしよ～！」

「…………大丈夫。今まであれだけ練習してきたんだ。希美《のぞみ》なら最高の演奏ができる。……それに、ちょっとやそっとのミスくらい平気だよ。他のみんなが支えてカバーしてくれる。希美《のぞみ》がきっとそうしてあげるのと同じように、最高の演奏になる」

「…………………………」

長い沈黙。一分か、五分か。しばらくお互い微動だにせず、寒空の下で身を寄せ合う。

「…………よし、おしまい！」

ぴょん、と希美《のぞみ》が後ろに飛び跳ねた。その面持ちは、一点の曇りもない笑顔だった。

「本当にありがとうね、響《きょう》。これでもう大丈夫。また頑張れる」

「それなら、よかった」

「……また、たまにお願いしていい？」

「僕でよければ」

「あー、やっぱり浮気者《うわきもの》。桜花《さくら》にチクるわね？」

「え⁉」

いや、それは……ええと。あまりよろしくないような、やましい気持ちはないのだから堂々としているべきであるような。……どう反応すべきか。

「なんてね、ウソだから心配しないで。……希美《のぞみ》だって、チクっていいコトないし」

両手を後ろで組み、振り返りながらウインクする希美《のぞみ》。

ああ、ますます大人っぽくなったなと、僕は呆然《ぼうぜん》と思う。


♪


「おまたせ、アンカー」

「ぞみ、響《きょう》さんっ。お帰りなさいです！」

一人一人との対話も、これで最後。潤《じゅん》には遅くまでお待たせしてしまって申し訳ない限りだった。

「呼び出しちゃってごめん。疲れてないかな？」

「大丈夫です。というより、すごく嬉《うれ》しいです。なんだかずっと、ソワソワしちゃってたから……」

こちらに駆け寄ってきて、白い息を弾ませる潤《じゅん》。迷惑そうじゃなくて、まずはなによりよかった。

「じゃ、また後でね。潤《じゅん》、そらは希美《のぞみ》の部屋で寝てるから、潤《じゅん》も来て良《い》いわよ。狭いだろうけどね」

「本当に⁉　いっしょに寝られると嬉《うれ》しいな……えへへ」

にっこり頷《うなず》いて、戻っていく希美《のぞみ》。三人が一緒に眠れるようになったことだけでも、声をかけた成果と言えるかもしれない。

「それじゃ、ちょっと散歩しようか」

「はいっ、よろしくお願いします」

潤《じゅん》と二人っきりになって、また歩き出す。ずっと外にいたけれど、動き続けているからかそれほど寒さを感じることはなかった。

「どうかな。やっぱり、落ち着かない？」

「はい……。ステージの大きさも思っていた以上だったし、あんなすごいバンドさんがいるなんて。ちょっと圧倒されちゃって、怖いなって気持ちも……」

しゅん、と視線を下げる潤《じゅん》。うん、やっぱりかなり自信を失いかけてしまっているようだ。

どんな言葉をかけてあげるのが正解なのだろう。潤《じゅん》が今、必要としているのは。

「…………」

いや、違った。黒森《くろもり》さんの話を思い出せ。必要なのは僕の言葉じゃない。僕ができるのは、潤《じゅん》の内なる声を、できる限り聞いてあげること。

「普段通り、演奏できなそう？」

「ごめんなさい、自信ないです。私ができる一番の演奏をしても勝てそうもないのに、こんな気持ちじゃダメだって、わかってるのに……」

潤《じゅん》の瞳に、じわりと涙が浮かんだ。責任感ゆえ、プレッシャーに押しつぶされそうなのだろう。六人で、演奏する、次はないかもしれないこの機会にベストを尽くしたいからこそ、余計に自分を追い詰めてしまっている。

「潤《じゅん》は、勝ちたい？」

「えっ？」

ふと、思い直した。そうだ。潤《じゅん》の心に絡《から》みついた鎖は、一本じゃない。だから余計複雑怪奇で、ほどく糸口が見えてこないのかもしれない。

「明日のフェス、優勝したいかな？」

「それは……」

口ごもる潤《じゅん》。即答がなかったのは予想通りだ。

潤《じゅん》は今まで、勝利を摑《つか》むために音を奏《かな》でてきたわけではなかった。そのことを、もう一度確認し合う必要がある。

「他のみんなには言わなかったことだけど、あえて言うね。明日、勝たなくても良《い》いんじゃないかな」

「響《きょう》、さん」

「潤《じゅん》の音楽の始まりは、あの素敵な教会で最高の思い出を作ること。それからは、あそこで活動を続けるために、みんなで知恵を振り絞って頑張ってきた。きっと、これからもそうだよね。

でもそれって、必ず誰かを倒して一番にならなきゃいけないってことじゃない。だから、潤《じゅん》の音楽は、誰かに勝つためのものじゃなくて良《い》いと思うんだ」

僕の言葉を、潤《じゅん》は何度も反芻《はんすう》するようにして息を吞《の》んだ。

「でも、みんなすごくやる気なのに、私だけそんな気持ちで良《い》いのでしょうか……」

「やる気は、あるよ。大丈夫。潤《じゅん》には潤《じゅん》なりのやる気の形があることなら、ちゃんと知ってる。心配しないで。……それと、もう一つ約束する。フェスの結果がどうなっても、僕にとって一番大切なのは潤《じゅん》たちの音楽だ。そのことは、絶対に変わらない」

「響《きょう》、さん」

「潤《じゅん》のこと、大好きだよ。リトルウイングで出会った全ての人が、大好きだ。大好きな人たちと、大好きなバンドのライブを、最高のステージで観《み》られる。僕はそれだけで充分だ。……だからちょっと厚かましいことを言うけど。もし、世界の広さが怖くなったら、僕のためだけに歌って欲しい。僕は必ず、潤《じゅん》の歌を全力で聴き続けているから」

あどけない少女の小さな手を、ぎゅっと握りしめて拙い言葉で伝える。

やがて潤《じゅん》も、そっと僕の手にもう片方の手を重ねてくれた。

「響《きょう》さん。私と出会ってくれて、ありがとうございます。大好きです。いつまでも、ずっと」

満天の星空に吸い込まれそうになる夜。僕たちは長い間お互いのぬくもりを感じ続けた。

これで、僕の想《おも》いは全部届けた。あとはもう、ステージを待つのみ。

♪

キッズロックフェス本番当日。天気は快晴。風もなく、冬の寒さもかえって熱気を覚ます好条件かもしれない。

絶好のライブ日和《びより》と言って間違いない条件だ。

子どもたちとは朝のうちに別れ、観客席側で開演を待つ。傍《そば》に居てあげたい気持ちも強かったけど、今日はPAもローディもプロの方がやってくれるし、何よりこちら側でしかできない大事な使命もある。

みんなの音を真っ向から受け止めるという、大事な使命が。

「いよいよだなー。アガってきたぜ」

僕の隣では、正義《まさよし》さんが腕組みでステージを見上げている。この日に至るまでどれほどお世話になったかと思うと、いくら感謝の言葉を浮かべても全然足りない。けれどもきっと、そんな日々の末にたどり着いたこの場所で、忘れがたい思い出を作ってもらうことができるはずだ。今日が正義《まさよし》さんにとっても最高の一日になることを、心から願う。

さらに、近くにはみんなのために駆けつけた大応援団。桜花《さくら》、僕たちの父さん母さん。双《そう》龍島《りゅうじま》から駆けつけたみなさん。ユナさんもいらっしゃるし、少し離れた所にはタランチュラホークの三人も。今まで出会ってきた沢山の人たちが、六人の勇姿を見届けようと集結している。

「やっぱり、すんごい数連れてきたなー」

エリオットくんが息を漏らす。みんな来てくれたとはいえ、全体のお客さんと比較してしまえば多勢に無勢。特に、同じバンドロゴの黒Tシャツを身に纏《まと》った勢力が圧倒的に場を支配していた。もちろん『ノア』のファンたちだ。

無理もないだろう。あの演奏力を知ってしまえば、人気を疑う余地はない。

だからといって、怖《お》じ気《け》づいたりももう絶対にしないけれど。

待つことしばし、フェスは開演の時を迎えた。演奏は公平に抽選で決められた順に行われる。最初に出てきたのは見知らぬバンド。けどいきなりもの凄《すご》いハイレベルな演奏で僕たちの度肝を抜いた。

少し、可哀相《かわいそう》にも思う。運否天賦《うんぷてんぷ》とはいえ、一発目というのはどうしても印象に残りづらいだろうし。

それでもステージに立つ少女たちから、不満の色は一切感じられない。この瞬間に全てを燃やし尽くすべく、自分たちの音楽に全身全霊を注いでいる。

やっぱり、すごいフェスだな。『ノア』さんの存在感ばかりに気を取られていたけど、それはある意味他のバンドに対する侮蔑だったかもしれない。

「——さあ、ファイトやでサリーちゃん」

ラインホルトの出番がやってきた。彼女たちもまた、小学生としてトップクラスの実力を誇るバンドであることを、僕はもちろん知っている。

ただ、メンタル面がどうであるか、多少心配ではあった。昨日はどこか集中力を乱していた面が少なからずあったように思う。あれから、気持ちをリカバーすることができたのか。セッティング中から、知らず知らずのうち、僕の肩に力が入る。

「…………！」

演奏が始まった瞬間悟る。杞憂《きゆう》も杞憂《きゆう》。むしろ心配したことが申し訳なくなるような思いだった。

すごい、完璧だ。何もかも吹っ切れたようにピアノとマイクに向け熱情をぶつけまくる浅上《あさがみ》さん。その存在感に全幅の信頼を置き、小学生とは思えないいぶし銀のプレーで曲の屋台骨を堅牢《けんろう》に支えるリズム隊の二人。いざ本番となれば、雑音など全てシャットアウトして自分たちの音楽に没入できる集中力が、この子たちには間違いなくある。

この前ライブハウスで観《み》た時以上だ。ラインホルト。彼女たちもまた、伝説を作るのに相応《ふさわ》しきバンドであることを、深い衝撃と共に改めて理解する僕だった。

♪

その後もハイレベルな演奏が続き、ラインナップも後半に差し掛かったころ。突如として、観客席から地鳴りのような歓声が巻き起こる。

ついに来た。この時が。

今年の絶対的最注目株バンド『ノア』の登場に、まるで世界が揺れ動いているかのような錯覚を味わう。

黒革の衣装を纏《まと》った少女たちが、ひとりずつ颯爽《さっそう》と配置につく。その度に客席からは一糸乱れぬマスゲームのようなコールが沸き起こった。

『みんな、いっぱい来てくれたねー！　ありがと～！　その声援に負けないくらいイカした音出して、みんなのこと、来て良かった～って幸せにしてあげる～！』

ボーカルの子が、MCでさらに観客のボルテージを高める。どうすれば盛り上がるのか完璧に理解している、惚《ほ》れ惚《ぼ》れするような煽《あお》りっぷりだった。このバンドの完成度の高さに関して、否定的な気持ちになる要素などどこにも残ってはいなかった。

「……………うは、こりゃ上手《うま》いわ」

正義《まさよし》さんが呆気《あっけ》にとられる。

演奏力も、小学生のレベルなんて遙《はる》か遠くまで逸脱していた。どれほどの鍛練《たんれん》を重ねてこの領域まで達したのだろうか。素直に称賛だけを思い浮かべられないことを、勿体ないと思ってしまうほどの完璧さだった。

当然ながら、客席は大興奮。それも従来のファンだけではなく、たまたま居合わせたオーディエンスも巻き込んで、興奮が潮流に乗って四方八方へと拡散していた。

数年後、もしかしたらこの演奏は伝説として語り継がれることになるのかもしれない。それくらい『ノア』のパフォーマンスは群を抜いていた。

でも、だからこそ。みんななら、この瞬間にもう一つの伝説となるような楔《くさび》を打ちつけてくれる。そう信じて、僕は『ノア』が去った後もステージに熱視線を注ぎ続けた。

♪

場の空気全てを掌握したような『ノア』のライブが終わると、一瞬弛緩《しかん》したような気配が会場に流れる。

けど、僕とその周りはむしろますます熱気を籠もらせていた。奇《く》しくも、次が六人の出番。『ノア』と直結で、みんなの小学生時代、その集大成が幕を開ける。

『……いやー。衝撃的でしたね。まさかあれが、小学生のライブだなんて。……でも、みなさん。全部終わった気になるのはまだまだ早いですよ。さーそれでは、次のバンドに準備をして頂きましょう！』

全体MCを務めて下さっている方が客席を煽《あお》ってくれる。けれども盛大に盛り上がった後のせいか、反応は今ひとつよくない。

……関係ない。あの子たちの音なら、きっとここに居る全ての人の心に届く。僕はそう信じ続ける。

「さ、盛り上げて行こう！」

小百合《さゆり》さんが叫ぶと、あちこちから呼応の合いの手が。

うん、ここに集まった全員で、可能な限りみんなに応援の声を届けよう。大切な六人が、少しでも安心してステージに立てるように。

『それでは、ご入場願います。普段は3P《スリーピース》で活動しているという二つのバンドが、今日のために合流して六人編成で挑んでくれるそうです』

「がんばれっ！」

思わず叫んだ。他の何よりも愛して止《や》まない、僕の恩人たちのバンドに、気持ちを届けるために。

『さあ、拍手でお迎え下さい！　エントリーナンバー7――「HIBIKI」の登場ですっ！』

その名がコールされた瞬間、僕の脊髄にまた再び電流が走ったような感じがした。バンド名を模索していた頃、みんながとっておきのアイデアとして提出した名前。

六人全員が、全く同じように『HIBIKI』と書いてくれていた。

こんなに幸せを感じる出来事が、はたしてこの先の人生で再びあるだろうか。ただただ、有《あ》り難《がた》かった。心から恋い焦がれるバンドに、僕もまさか、こんな形で名を連ねることができるだなんて。改めて、涙が出そうになる。

『はじめましてっ、「HIBIKI」ですっ』

セッティングを終え、潤《じゅん》がマイクの前で声を届け始めた。しっかり前を向いている。怖《おそ》れや不安なんて、どこにも感じさせない凛《りん》とした強さを、全身に宿している。

『このバンド名は、私たちのとっても大切な人の名前からお借りしました。その人ともし出会うことがなかったら、こんな素敵なステージに立てることも、絶対になかったです。私たちは、出会いが人を変えてくれるんだっていうことを、バンドを始めてから何回も知ることができました。だから、今日の私たちとの出会いが、ほんの少しでもここにいる皆さんにとって、意味のあるものになるように、一生懸命演奏します！』

拍手が巻き起こる。すごいな、潤《じゅん》。怖《おそ》れや不安の感情を全て呑《の》み込《こ》んで、あんなにも凛《りん》としてステージに立っている。

こうなることを、信じていた。みんながまた、僕のことをこの日まで信じてくれていたように、僕もまた、壇上の六人に信念を注ぎ続けていた。

『最初の曲です。今日この場に、立ちたい。私たち六人なら、きっとできる。そんな、信じる気持ちを歌にしました』

この日、六人で演奏するために、沢山の時間をかけて練り上げたオリジナル曲。もしかしたら最初で最後の演奏になるかもしれない。それでも構わないと思えるほどの美しい熱量に溢《あふ》れた、信念の曲。

『聴いてください。「Believe In…Myself」です！』

潤《じゅん》の宣言を受け、そらが４カウントを刻む。くるみのキーボードがピアノ音で透き通ったアルペジオを奏《かな》で、潤《じゅん》、希美《のぞみ》、相ヶ江《あいがえ》さんの弦楽器隊が、力強くコードを刻む。

一転、今度はくるみが単音のシンセリフで曲のテンションを一気に高めていく。そらのドラムも激しく音像に絡《から》みつき、全てを受け止めて霧夢《きりゆめ》の筆が躍る。

イントロが終わり、潤《じゅん》の儚《はかな》げなボーカル。どれだけ追い詰められても捨てられない信念を言葉に乗せ、せつせつと歌い上げていく様子に、僕は五感全てを釘付《くぎづ》けにされる。

さらに希美《のぞみ》と相ヶ江《あいがえ》さんがコーラスを重ね、曲に力強さを付与する。うなぎ登りに曲調は激しさを増していき、サビで情熱がピークに達する。全員の声を重ね歌い上げるシンプルで、力強いメロディが、この日までの歩み全てが間違いではなかったと証明してくれる。

本当に、最高の曲だ。

本当に、最高のバンドだ。

この六人に出会えなかった人生を想像するだけで、僕は恐ろしくなる。

この六人に出会えた、ここにいる全ての人たちの未来を想像するだけで、僕は笑顔が溢《あふ》れてくる。

潤《じゅん》。

希美《のぞみ》。

そら。

くるみ。

相ヶ江《あいがえ》さん。

霧夢《きりゆめ》。

やっぱり、最高だな。みんな、全員。

僕のそばに居てくれて、ありがとう。

願わくば、この幸せな時間がこれからいつまでも続きますように。

♪

長い戦いの時間は過ぎ、いよいよ結果発表の時が迫る。壇上で一堂に会した今日の出演者たちが、硬い面持ちで今年の優勝バンドの名が告げられるのを、今か今かと待ち受けている。

『大変お待たせ致しました、それでは今大会の最優秀バンドの発表に移りたいと思います』

司会の方が大仰な台詞回《せりふまわ》しで客席を煽《あお》る。祈る人、目を瞑《つぶ》って結果が出るのを静かに待つ人。それぞれの熱意が、あちこちに溢《あふ》れ出《だ》した。

そんな中、六人の応援団たちは意外なほど静かだった。

きっと、壇上の子どもたちが、一点の曇りもなく満ち足りた顔をしていたからだろう。

『最優秀バンドは――――エントリーナンバー6「ノア」さんたちです！』

♪

「みんな、お疲れ様！」

祭りの後、僕たちは六人と客席側で再会した。

「響《きょう》さん！　マスターたちも、みなさんも、最後まで応援ありがとうございました！」

屈託なく微笑《ほほえ》む潤《じゅん》。希美《のぞみ》もそらも、くるみも相ヶ江《あいがえ》さんも霧夢《きりゆめ》も、みんな表情は清々《すがすが》しく澄み切っていた。

「ごめんね響《きょう》、優勝できなかった」

「でも、良《い》い演奏できたと思う」

希美《のぞみ》とそらが、静かに微笑《ほほえ》みながら僕に右手を上げる。もちろん間髪入れず頷《うなず》いて、満面の笑みで僕は答えた。

「最高の演奏だったよ。審査結果が間違ってる」

「やっぱそうよね。私もそう思う。でも、ひびきが同じ気持ちならまあ良《い》いわ。他の連中がどう思おうと知ったこっちゃない」

「すっごく楽しかったです、貫井《ぬくい》くん！　この日のこの瞬間にたどり着くことができて、私は神さまに感謝しています！」

「貴重な経験だったわね。いろいろあったけど、うん。バンドやって、良かったわ」

霧夢《きりゆめ》の、相ヶ江《あいがえ》さんの、くるみの言葉が、この日までの努力全てに報いてくれるような幸せな響きに満ちていた。

ああ、本当に。今までいろいろあったけど、歩み続けてきて良かったな。

とにかくやれるだけ、歩いてみて本当に良かった。

優勝はできなかったけど、少しも心残りはなかった。

素晴らしい音楽が、オーディエンスを集めるということは間違いない。

けれども、オーディエンスの数は、音楽の素晴らしさをそのまま表しているわけではない。

そのことも、改めて強く感じた。

「響《きょう》さん。私、とっても楽しかったです。やっぱり私は、音楽が。大好きなみんなと奏《かな》でる音楽が、とってもとっても大好きです！」

眩《まぶ》しい笑みで伝えてくれた潤《じゅん》の言葉が、僕の想《おも》い全てを代弁してくれているような気がした。

祭りは、これでひとまず終焉《しゅうえん》を迎えた。

さあ、帰ろう。僕たちの、愛《いと》おしくて平穏な日常へ。

エピローグ

五《こ》島《とう》　潤《じゅん》

【誕生日】8/8　【血液型】A

【学校】城見台《しろみだい》小学校　5年2組

【フェスに向けての意気込み】
大きなステージでも、そうじゃなくても。
私たちの奏でる音楽はいつも同じくらい
大切なものです。
これからも、ずっと。

Here comes the three angels
3天使の3P!
スリーピース

だいぶ久しぶりの更新になってしまいました、ひびきです。

ここのところいろいろバタバタしていて、なかなかブログを書く余裕がなくて……。

まあ、ずっと前からそんなに更新頻度が多い方じゃなかったですけど（笑）。

デジタルボーカル曲もすっかりアップロードしてませんね……。

でも！　これからまた時間を見て作っていくことに決めたので、良かったらまた聴きに来てやって下さい。

最近はというと、すっかり生バンドの方に夢中でした。

と言っても、僕がメンバーなわけじゃなくて……なんて。きっとみなさん、ご存知ですよね、もう既に。

改めてですけれど、僕は天使と出会ってしまったんです。

きっかけは本当に偶然なんですけど、同じ街に住んでいる小学生（もうすぐ中学生ですが。月日の流れはあっという間ですね……）から、ライブの手伝いをして欲しいと頼まれて。

そして、僕はすっかりその子たちの奏《かな》でる音楽の虜《とりこ》になってしまいました。

この前は、大きなフェスに出場できることになって、しばらくそっちのサポートに専念していました。

結果、優勝することはできませんでしたけど、沢山の声援があの子たちに届いて。僕自身もとても幸せな気持ちでした。

観《み》に来て下さった方、もしかしたらいらっしゃいますか？

いらっしゃったらすごく嬉《うれ》しいです。

そして、もし良ければ。今度は僕たちの街にもあの子たちのライブを観《み》に来て下さい。

あれからみんなで話し合って、『リヤン・ド・ファミユ』はこれ以上大きくなることを目指さないことにしました。この街の、手の届く範囲だけで、手の届く音を、ずっと一緒に奏《かな》でていこうって。

メジャーデビューを目指したり、どんどん大きいホールに繰り出していったり。そういう音楽にも憧れはあります。でも、それだけが音楽じゃないよなって、改めて気付かされました。

小さくて、そこだけにしかない音を、眼《め》の前《まえ》に来てくれた人たちのためだけに演奏する。

それも、音楽の大切な形だと思うから、そういう道を選んだあの子たちのことを、これからも全力で応援し続けたいと思います。

僕自身は、まだこれからどんな夢を描くのかわからないところもあるけれど。必ず、大好きな音楽と共に歩み続ける。それだけは決めています。

いつか僕の住むこの街に、遊びに来て下さい。

ここにはいつでも、天使たちが居ます。

天使たちが音を奏《かな》でる時、僕も必ずきっと、そこに居るはずです。

あとがき

数年前からちょっと困ったなーと思うことがありまして、何かというとこの『天使の3P《スリーピース》！』というタイトルに登場させたキャラたち全員が、あまりにも好きになりすぎてしまったなぁという部分なんです。

いいことじゃないか、と思われるかもしれません。確かに悪いことでは全然ないのですが、ひとつ問題なのがもはや幸せ以外を思い描けなくなってしまうところでして。

潤《じゅん》も、希美《のぞみ》も、そらも、くるみも、柚葉《ゆずは》も、霧夢《きりゆめ》も、桜花《さくら》も、正義《まさよし》さんも、響《きょう》も……挙げていればキリが無いのですが、登場人物の全員が常に穏やかに、笑顔に包まれながら毎日を過ごしていて欲しい。波瀾万丈《はらんばんじょう》とか、数奇なドラマとか、そういうものに晒すことへの抵抗が、あまりにも強くなってしまいました。

結果、長編小説という形で物語を作る、という自分の仕事と彼女たちへの感情が、少なからず乖離《かいり》する。そんな中でアニメ化のお話を頂き、正直葛藤《かっとう》のようなものがあったことも事実です。アニメ化するなら、少なくともオンエア終了までは書き続けなければならない。書き続けることで、潤たちに望まぬ試練を与え続けることになりかねない。はたして僕は、そんな状況で心からアニメ化という『フェス』を楽しめるのだろうかと、とても悩みました。

それでも、やっぱりみんなが画面の中で動き、声を発してくれるところが見たい。そちらの気持ちの方が勝って、アニメ化を了承しました。

大正解だったと胸を張ります。

最高の作品にして頂けたし、本当に素晴らしい人たちと出会えました。脚本・作画チーム。音楽・音響チーム。出会えたことで、心の有り様すらかなり大きな革命がありました。この上なく良い意味で、ここ最近は自分の性格が大きく変わったなと感じることが多いです。

コミカライズでも同じくらいの感動を味わわせて頂きましたし、『天使の３Ｐ！《スリーピース》』を通じて生まれた出会いに改めて感謝するばかりです。

さて、プロジェクトのおおよそがひと段落したこの二月。自分と『天使の３Ｐ！《スリーピース》』との向き合い方に、一つの区切りを付けるなら今こそベストだろうと前々から決めていました。

これにて、次巻ありきで彼女たちのことを振り回すのは、いったんやめにします。潤たちみんなにはずっと、穏やかに日常を過ごしてもらおうかなと。

でも、『終わり』とは言わないでおきます。みんなの『途切れない幸せ』をそのまま閉じ込めるようなひと綴《つづ》りの物語が降ってきたのなら、その時はひょっこり筆を執るかもしれません。

そんな時が来たなら、この物語でまた会えると嬉しいです。今まで読み続けて下さり、本当にありがとうございました。ぜひまた、どこかで。

二〇一八年吉日　蒼山《あおやま》サグ

◉蒼山サグ著作リスト

「ロウきゅーぶ！」（電撃文庫）
「ロウきゅーぶ！②」（同）
「ロウきゅーぶ！③」（同）
「ロウきゅーぶ！④」（同）
「ロウきゅーぶ！⑤」（同）
「ロウきゅーぶ！⑥」（同）
「ロウきゅーぶ！⑦」（同）
「ロウきゅーぶ！⑧」（同）
「ロウきゅーぶ！⑨」（同）

「ロウきゅーぶ！⑩」（同）
「ロウきゅーぶ！⑪」（同）
「ロウきゅーぶ！⑫」（同）
「ロウきゅーぶ！⑬」（同）
「ロウきゅーぶ！⑭」（同）
「ロウきゅーぶ！⑮」（同）
「天使の3P《スリーピース》！」（同）
「天使の3P《スリーピース》！×2」（同）
「天使の3P《スリーピース》！×3」（同）
「天使の3P《スリーピース》！×4」（同）
「天使の3P《スリーピース》！×5」（同）
「天使の3P《スリーピース》！×6」（同）
「天使の3P《スリーピース》！×7」（同）
「天使の3P《スリーピース》！×8」（同）
「天使の3P《スリーピース》！×9」（同）
「天使の3P《スリーピース》！×10」（同）
「天使の3P《スリーピース》！×11」（同）
「ステージ・オブ・ザ・グラウンド」（同）

本書に対するご意見、ご感想をお寄せください。

電撃文庫公式ホームページ 読者アンケートフォーム
http://dengekibunko.jp/
※メニューの「読者アンケート」よりお進みください。

ファンレターあて先
〒102-8584　東京都千代田区富士見1-8-19
アスキー・メディアワークス電撃文庫編集部
「蒼山サグ先生」係
「てぃんくる先生」係

本書は書き下ろしです。

電撃文庫

天使《てんし》の3P《スリーピース》!×11

蒼山《あおやま》サグ

2018年2月10日　初版発行

発行者　郡司 聡

発行　株式会社KADOKAWA
〒102-8177　東京都千代田区富士見2-13-3

プロデュース　アスキー・メディアワークス
〒102-8584　東京都千代田区富士見1-8-19
03-5216-8399（編集）
03-3238-1854（営業）

装丁者　荻窪裕司 (META + MANIERA)

印刷・製本　旭印刷株式会社

ISBN978-4-04-893618-7　C0193　Printed in Japan

電撃文庫　http://dengekibunko.jp/
株式会社 KADOKAWA　http://www.kadokawa.co.jp/

電撃文庫創刊に際して

文庫は、我が国にとどまらず、世界の書籍の流れのなかで〝小さな巨人〟としての地位を築いてきた。古今東西の名著を、廉価で手に入りやすい形で提供してきたからこそ、人は文庫を自分の師として、また青春の想い出として、語りついできたのである。

その源を、文化的にはドイツのレクラム文庫に求めるにせよ、規模の上でイギリスのペンギンブックスに求めるにせよ、いま文庫は知識人の層の多様化に従って、ますますその意義を大きくしていると言ってよい。

文庫出版の意味するものは、激動の現代のみならず将来にわたって、大きくなることはあっても、小さくなることはないだろう。

「電撃文庫」は、そのように多様化した対象に応え、歴史に耐えうる作品を収録するのはもちろん、新しい世紀を迎えるにあたって、既成の枠をこえる新鮮で強烈なアイ・オープナーたりたい。

その特異さ故に、この存在は、かつて文庫がはじめて出版世界に登場したときと、同じ戸惑いを読書人に与えるかもしれない。

しかし、〈Changing Times,Changing Publishing〉時代は変わって、出版も変わる。時を重ねるなかで、精神の糧として、心の一隅を占めるものとして、次なる文化の担い手の若者たちに確かな評価を得られると信じて、ここに「電撃文庫」を出版する。

1993年6月10日
角川歴彦

電撃文庫DIGEST　2月の新刊

発売日2018年2月10日

★第24回電撃小説大賞《大賞》受賞作!

タタの魔法使い

【著】うーぱー　【イラスト】佐藤ショウジ

突如教室に現れた異世界の魔法使いタタの宣言により、中学校の卒業文集に書かれた全校生徒の「将来の夢」が全て実現。しかしそれは、犠牲者200名超を出すことになるサバイバルの幕開けだった――。

ソードアート・オンライン プログレッシブ5

【著】川原 礫　【イラスト】abec

《黒ポンチョの男》との危険な邂逅を経て、キリトとアスナは《アインクラッド》第六層に到達する。第六層のテーマは《パズル》。あらゆる場所に仕掛けられたパズルが、二人を苦しめる!?

狼と香辛料XX

Spring LogⅢ

【著】支倉凍砂　【イラスト】文倉 十

賢狼ホロが書き留めていたのは、湯屋『狼と香辛料亭』でロレンスと過ごした、忘れたくない幸せな日々の記録で……。湯屋での物語第3弾は、電撃文庫MAGAZINE掲載短編4本+書き下ろし短編を収録!

ネトゲの嫁は女の子じゃないと思った? Lv.16

【著】聴猫芝居　【イラスト】Hisasi

夏休み、妹が海賊になった――何を言ってるかわからないと思いますがネトゲの話です。ついに生徒会から新入部員を要求された残念美少女・アコたち。唯一の希望・双葉みかん獲得のため、挑め真夏の艦隊決戦!

天使の3P!×11

【著】蒼山サグ　【イラスト】てぃんくる

バンドコンテストで予選を通過するため、潤たちは霧夢たちと組んでフェスに挑むことを決めたのだが……さっそくケンカが始まり、分かれ分かれに。そして、説得に回る響の孤独な戦いが始まる――!?

未踏召喚://ブラッドサイン⑧

【著】鎌池和馬　【イラスト】依河和希

白き女王との決着は、新たな戦争の火種でしかなかった。豪華客船に忍び込み、オリヴィアと事態の収拾に奔走する恭介の前に現れたのは彼女の母、美し過ぎるF国君主で!?

ドウルマスターズ5

【著】佐島 勤　【イラスト】tarou2

敵、そして親友である龍一と再会を果たした早乙女蒼生。運命に引き寄せられるように集った二人の眼前に玲音専用ドウル・ミスティムーンの真の姿が顕現する。

新作

ミニチュア緒花は毒がある。

【著】岩田洋季　【イラスト】鈴城 敦

これは、友達ゼロの俺が入部させられた変人の巣窟「きょうがく部」で出会った"ミニチュア毒花"こと毒舌少女・緒花に、一目惚れし、全身全霊をかけて彼女を照れさせ、恋に落とす戦いの記録である。

新作

優雅な歌声が最高の復讐である

【著】樹戸英斗　【イラスト】U35

俺からサッカーを取ったら何も残らない。灰色の高校生活が過ぎゆくだけだ。そんな毎日に現れたのが、地に落ちた歌姫の瑠子だった。挫折から立ち上がる二人の、ボーイミーツガールストーリー。

新作

滅びの季節に《花》と《獣》は〈上〉

【著】新 八角　【イラスト】フライ

人を喰らうと畏れられる美しき大獣《貪食の君》と、売れ残りの少女奴隷クロア。偶然と嘘から始まった二人の恋は、滅びの影が近づく街に花開いた。愛しき日々は、やがて一つの奇蹟を起こして……。

新作

できそこないのフェアリーテイル

【著】藻野多摩夫　【イラスト】桑島黎音

妖精に春を盗まれた常冬の町、ベン・ネヴィス。その街で灰色の生活を送っていた少年・ウィルは、妖精語りの少女・ビビと出会い、お互いの"失われたもの"を取り戻す旅に出るのだった――。

新作

俺の青春に、ゲームなど不要!

【著】高峰自由　【イラスト】明坂いく

かつてゲームにのめり込み、今は学生生活のために封印した少年・坂木修司。文武両道の優等生でいることに疲れていた少女・藤代姫佳。意外な接点で、二人は出会い――。

第24回電撃小説大賞《大賞》受賞作
「将来の夢」を胸に、
現実の日本へ帰還せよ。
全校生徒で挑む、
迫真の異世界
ドキュメント。
タタの魔法使い
The Witch of Tata
うーぱー
イラスト：佐藤ショウジ
2015年7月22日12時20分。
1年A組の教室に異世界の魔法使いが現れた。
後に童話になぞらえ「ハメルンの笛吹事件」と呼ばれるようになった
公立高校消失事件の発端である。
「私は、この学校にいる全ての人の願いを叶えることにしました」
タタと名乗る魔法使いの宣言により、
中学校の卒業文集に書かれた全校生徒の「将来の夢」が全て実現。
しかしそれは、犠牲者200名超を出すことになるサバイバルの幕開けだった――。
電撃文庫

第23回電撃小説大賞《大賞》受賞作!!
最終選考委員・編集部一同を唸らせたエンターテイメントノベルの
真・決定版!
86
EIGHTY SIX
—エイティシックス—
The dead aren't in the field.
But they died there.
[著]
安里アサト
[イラスト]
しらび
[メカニックデザイン] I-IV
The number is the land which isn't
admitted in the country.
And they're also boys and girls
from the land.
ASATO ASATO PRESENTS
Illustration/Shirabi Mechanical Design/I-IV
電撃文庫

ガーリー・エアフォース
GIRLY AIR FORCE
夏海公司
イラスト◎遠坂あさぎ
アフターバーナー全開で贈る
美少女×戦闘機
ストーリー！
謎の飛翔体、ザイ。彼らに対抗すべく開発されたのが、
既存の機体に改造を施したドーターと呼ばれる兵器。
操るのは、アニマという操縦機構。それは――少女の姿をしていた。
鳴谷慧が出会ったのは真紅に輝く戦闘機、
そしてそれを駆るアニマ、グリペンだった。
人類の切り札の少女と、空に焦がれる少年の物語が始まる。
電撃文庫

自分じゃぱんつもはけない。
そんな天才少女の
飼い主になりました。
さくら荘のペットな彼女
鴨志田 一
イラスト 溝口ケージ

『ロウきゅーぶ!』公式ビジュアルブックが大好評発売中!!
電撃萌王にて掲載された大人気連載がついに1冊に！
蒼山サグ×ていんくるによるかきおろしも収録!!
慧心女バスメンバーが綴るちょっとえっちなエピソードが
まるっと楽しめちゃいます！
びじゅあるロウきゅーぶ！
著／蒼山サグ　イラスト／ていんくる
B5判／128ページ
小さな蕾たちに襲いかかる
肌色率高めの試練!?
電撃の単行本

慧心女バスの魅力を
全て詰めこんだ一冊が、
ついに登場！
原作、アニメ、ゲーム、コミックの見所はもちろん、
様々な視点から小学生たちを丸裸に——!?
「ぐらびあRO-KYU-BU!」や「びじゅあるロウきゅーぶ!特別編」、
スタッフインタビューなど、充実の内容でお届け!!
さらに、描き下ろしビジュアルノベル&コミックも掲載!
ファン必見の特集が満載の全て本、大好評発売中!!
ロウきゅーぶ!のすべて!!
RO-KYU-BU!
電撃文庫編集部 編
B5判／192ページ

電撃の単行本